유

원

유

원

백온유 장편소설

창비

차례

기일과 생일

1

　나는 미안해하며 눈을 떴다. 거실로 나오니 연기가 자욱했다. 주방으로 가 자신이 연기에 둘러싸인 줄도 모르는 엄마의 등을 끌어안았다. 뼈대가 가늘고 몸집이 작은 엄마의 아랫배에 몰린 부드러운 살이 만져졌다. 엄마는 화들짝 놀랐다가 고개를 돌려 나를 확인하곤 그제야 다행이라는 듯 내 손을 만지작거렸다.

　그게 좀 이상하게 느껴질 때가 있었다. 내가 학교에서 돌아와 현관문을 열고 들어올 때, 이렇게 뒤에서 껴안을 때, 엄마는 종종 유원이니, 유원이야? 하고 묻는데 나 아니면 누구일까 봐. 내가 아닌 다른 사람일 리가. 엄마는 나에게 자주 새끼 고양이 같다고 했다. 유난히 발소리가 나지 않는다며, 인기척을 내고 다니라는 말을 습관처럼 했지만 걸음걸이를 고치기란 쉽지가 않다.

"웬일로 일찍 일어났어."

"그거 뭐야?"

"청어. 먹고 싶다며."

내가? 기억이 나지 않았다. 텔레비전 요리 프로를 보며 별생각 없이 맛있겠다고 한 적이 있는지도 모르지만. 생선을 구별하는 게 어렵다. 고등어, 갈치, 꽁치나 가자미의 이름은 알지만 그 생선이 어떻게 생겼는지는 매번 헷갈린다. 뼈를 씹어 삼켜도 되는 생선, 뼈를 발라내기 힘든 생선, 비린내가 유난히 많이 나는 생선, 맛있는 생선, 그렇게만 기억될 뿐. 물고기는 종류가 너무 많다. 오리고기, 닭고기, 소고기, 돼지고기 구분에는 자신 있는데.

"거실 봐. 연기 가득 찼어."

"원이 아빠, 베란다 문 좀 열어."

아빠가 화장실에서 나와 베란다 문을 열었다. 두 팔을 휘저으며 연기를 몰아내려 애쓰는 모습이 체조를 하는 것 같았다. 이제야 내가 연기 때문에 깨어났다는 것을 알게 되었다. 따갑고 매캐한 냄새. 무언가를 흐릿하게 만드는 냄새.

"맛볼래."

"안 돼. 아직 덜 익었어. 씻고 와."

나는 씻고 나와 식탁에 앉았다. 아침에 세 명이 마주 앉아 밥을 먹는 일은 드물었다. 엄마와 아빠 둘 중 한 명은 새벽에 출근해 식당 문을 열어야 했으니까. 두 사람이 동시에 쉬는 날은 일 년에 며칠 되지 않았다. 엄마는 냉장고에서 반찬 통을 꺼내 예쁜 접시에 느릿느릿 덜고 있었다. 아빠 역시 계속 딴청을 피우며 베란다에 있는 화분에 물을 주고 있었다. 뉴스 앵커 목소리가 너무 크게 들려 볼륨을 낮췄다. 서로 은근히 첫마디를 미루는 상황에 나는 조금 화가 나려 했지만 순두부를 떠먹고 마음을 가라앉혔다.

"목사님 몇 시에 오신대?"

"8시쯤. 오늘 두 과목만 하는 날 맞지? 학원 마치고 오면 얼추 시간 맞을 거야."

"신아 언니도 온대?"

"며칠 전에 연락 오긴 했는데……."

엄마가 국그릇을 식탁에 놓으며 말끝을 흐렸다.

"원이가 다시 한번 물어볼래?"

"알겠어."

아빠는 그제야 자리에 와서 앉았다. 아파트 8층에서 초등학생이 크리스털 트로피를 던져 길을 가던 육십 대 여성이 맞아 중태에 빠졌다는 뉴스가 나왔다. 나는 엄마에게 곰국이 너무 싱겁다고 말했다. 아빠는 나더러 간이 딱 맞는데 내가 평소에 너무 짜게 먹어 싱겁게 느껴지는 거라고, 너는 다 좋은데 그 식습관은 좀 바꿔야 한다고 했다. 정말 그럴지도 몰랐다. 나는 맵고 짠 것을 좋아하니까. 엄마가 소금 통을 가져와 국에 딱 한 번 소금을 쳐 줬다. 다시 맛봐도 여전히 싱거웠지만 그냥 김치를 집어 먹기로 했다. 아빠가 매번 자랑하는 자신만의 기술로 한 번에 생선 뼈를 발라냈다. 모자이크 처리된 초등학생 얼굴이 화면에 나왔다. 아이는 그저 친구랑 놀다가 장난으로 던진 거라고, 아래에 사람이 지나가는지 몰랐다고 기자의 질문에 대답했다.

"교복 드라이 맡겨야겠다. 뭘 이렇게 묻히고 다녀."

모르는 사이에 군청색 조끼에 무언가가 묻은 모양인지 엄마는 밥을 먹다 말고 내게서 조끼를 벗긴 후 얼룩을 지워 댔다.

크리스털 트로피 무게는 약 2킬로그램. 화면 하단에 자막이 떴다. 요즘 들어 어린이들이 아파트 아래로 장난삼아 쓰레기나 돌멩이 등을 투척하는 사례가 이어지고 있어 이에 따른 각별한 주의와 통제가 필요하며 사고에 대한 처벌 규정이 확립되어야 한다는 말로 기자는 말을 맺었다.

엄마가 도로 가져다준 조끼를 껴입었다. 다음은 기상 캐스터가 날씨를 전했다. 낮에는 화창하겠지만 일교차가 크니 겉옷을 준비하는 게 좋다고 했다. 나는 남은 밥을 곰국에 말아서 먹었다. 한 그릇 더 먹을까 하다가 시간을 보니 이를 닦고 출발하려면 이만 일어서야 될 것 같았다.

"데려다줘, 아빠."

아빠가 국을 훌훌 마시고 먼저 일어나 겉옷을 입었다. 엄마는 텔레비전을 껐다. 나는 이를 닦으며 생각했다.

2킬로그램밖에 안 되는 트로피에 맞았는데 중태에 빠졌다고? 뇌사 상태까지 올 가능성이 있다고.

그나저나 초등학생도 감옥에 가나. 초등학생이 벌을 받으면 무슨 벌을 받지. 부모가 대신 감옥에 간다는 말을 얼핏 들은 것 같은데 그게 말이 되나. 크리스털 트로피는 누구의 것이었을까. 무슨 상이었을까. 산산조각 났겠지.

아빠와 나는 계단을 내려갔다. 혼자 있을 땐 3층이라도 꼭 엘리베이터를 타고 오르내리는데 아빠와 있을 때는 무조건 계단이었다.

"오늘 학원 안 가고 싶으면 안 가도 돼."

학교 앞에 차를 세우고는 아빠가 넌지시 말했다. 나는 가방을 품에 안고 정문으로 들어가는 애들의 뒷모습을 보았다. 아직 등교 시간이 십 분 정도 남은 터라 다들 여유 있어 보였다.

"왜?"

"그냥. 가기 싫으면 아빠가 엄마한테 말해 줄게."

그럴까. 잠시 흔들렸지만 그건 좀 오늘을 이용하는 듯해 그만두었다.

"괜찮아."

"그래. 얼른 들어가라."

아빠는 자기가 괜한 말을 했다고 생각하는 것 같았다. 나는 차에서 내려 문을 닫기 전에 말했다.

"아빠. 염색해야겠다."

"네가 좀 해 줘."

"주말에 해 줄게. 밝은 갈색으로."

"너무 밝은 건 좀 그렇지 않나?"

아빠는 손으로 룸 미러를 내려 머리를 확인했다.

"아니야. 안 그래."

"알겠어."

나는 차 문을 닫고 돌아섰다. 그러다가 다시 차 쪽으로 돌아갔다. 아빠가 창문을 내리고 무슨 일이냐 물었다.

"생크림 케이크로 사. 버터 싫어. 우리 집 앞에 있는 베이커리에서 통신사 할인받으면 삼십 프로 싸게 살 수 있어."

아빠가 알겠다고 대답했지만 그래도 못 미더웠다. 아빠는 통신사 할인을 받는 행위나 쿠폰 열 장으로 치킨을 배달시키는 알뜰함을 부끄러워하니까. 2시를 넘기지 않기 위해 엄마 먼저 빠른 걸음으로 맥도날드에 도착해 런치 메뉴를 시키는 부지런함을 당혹스러워하니까. 내 표정을 읽었는지 아빠는 어플을 켜서 이 바코드를 보여 주면 되는 거 아니냐고 물었다. 언니의 생일과 기일은 사흘 간격이기 때문에 우리는 언제부턴가 언니의 생일만 챙긴다. 언니는 그래도 생일을 축하받고 떠났다. 그게 엄마의 유일한 위안이다.

2

　아이들은 대체로 내게 호의적이었고 그래서 적당히 학교생활을 이어 나갈 수 있을 정도의 친구들은 매년 있어 왔다. 평범한 학교생활의 기준은 매일 점심을 같이 먹을 수 있는 친구가 있느냐 하는 것인데, 학교생활에는 꽤 변수가 많기 때문에 그런 친구들을 갖기란 생각보다 쉬운 일이 아니다. 친한 친구 사이라면 점심시간에 자고 있는 친구를 깨워서 데려간다. 미적거리는 친구 곁에서 투덜거리기는 하지만 어쨌거나 기다렸다가 데려간다. 덜 친한 친구들은 그러지 않는다. 그런 면에서 나는 운이 좋은 편이라고 할 수 있다.

　하지만 나는 소화가 안 된다는 핑계로 점심시간에 자주

혼자 있다. 친구들은 내 말을 잘 믿어 준다. 그럴 거라고, 쉽게 수긍하는 듯했다.

가끔은 내 몸의, 혹은 마음의 이상(異狀)을 기대하는 것 같기도 하다.

급식 수준이 평균 이하이기 때문에 컨테이너 매점은 언제나 북적인다. 인파를 헤치고 삼각 김밥이나 햄버거를 사는 일은 체력과 용기와 끈기가 필요한 일이다. 나는 용기가 없는 대신 준비성이 있는 편이라 미리 빵이나 과자 같은 걸 사서 가방에 넣어 둔다. 아이들이 밥을 먹으러 교실을 비우면 조용히 일어나서 나만의 아지트로 향한다.

학교 건물은 총 5층이다. 1층은 교무실과 행정실, 보건실과 상담실이 있고, 2층은 3학년, 3층은 2학년, 4층은 1학년이 쓴다. 5층에는 음악실과 과학실, 어학실이 있지만 그리 자주 사용하진 않는다. 건물은 5층이 끝이지만 5층 중앙 계단을 올라가면 옥상으로 가는 문이 나오는데 옥상문 앞에는 먼지를 뒤집어쓴, 제각각 흠이 있는 책걸상이 쌓여 있다. 나는 그 틈을 비집고 들어가 책상에 앉는다. 아지트라고 하기에는 초라하지만 학교에서 혼자 시간을 보내기에 이보다 좋은 장소는 없다. 내가 앉을 책상과 의자만 물티슈로 닦아 놓고 몇 달간 점심시간마다 앉아 있었기 때문에 그 책상만 눈에 띄게 반질반질하다.

나는 노래를 들으며, 과자를 먹으며, 세상에서 가장 구석진 곳에서 영어 단어를 외우는 점심시간을 좋아한다. 사십 분 안에 스물다섯 개가량 새로운 단어를 외울 수 있다. 미래의 내게 도움이 되는 일을 했다는 만족감을 느낀다. 그런데 오늘은 왠지 스물세 번째 단어에서 자꾸만 막힌다.

consciousness
자각, 감지

─언니 오늘 와?

나는 단어장을 덮고 신아 언니에게 메시지를 보냈다. 아침마다 회장이 핸드폰 수거 가방을 들고 교실을 한 바퀴 돌지만 진짜 핸드폰은 책상 밑에 숨기고 엄마가 쓰던 공기계를 수거 가방에 넣는다. 나 말고도 많은 애들이 그렇게 한다. 실제로 자기 핸드폰을 내는 경우는 1. 공기계가 없거나, 2. 학교에 있는 동안 연락할 사람이 한 명도 없거나, 3. 덕질하는 아이돌이 없거나, 4. 뒤늦게 공부를 하기로 마음먹은 애들뿐이다.

오 분이 지나 답장이 왔다.

―가야지.

―너무 멀지 않아? 운전 괜찮아?

나는 잠시 생각하곤 덧붙였다.

―엄마가 굳이 안 와도 된대.

엄마가 그런 말을 한 적은 없지만. 엄마는 절대로 그런 말을 하지 않겠지만.

―아니야. 정말 괜찮아. 내가 빠지면 안 되지.

―응. 조심해서 와.

나는 어쩐지 핸드폰을 집어 던지고 싶은 기분이 되었다.

3

    학기 초. 새로운 교실, 낯선 환경, 예민한 친구들에 적응하려 덩달아 예민해져 있을 때 반 애들은 나 정도야 미리 대비해 놓고 있었다는 듯 다가왔다. 내가 그 애들을 알기 이전에 모두 나에 대해서 잘 알고 있었다 — 혹은 잘 알고 있다고 믿는 듯했다 —. 어쩐 일인지 모두가 내게 익숙해 보였고 다정했다. 학년을 올라갈 때마다 느꼈다. 그래서 부담스러웠냐고 묻는다면…… 부담스럽기야 했지만 어느 정도 혜택을 받았다는 것 또한 부인할 수 없겠다.

    어떤 경로로 알게 되었을까. 매번 그게 궁금했다. 또래 애들이 뉴스로 접하기에는 오래된 사건이니 부모에게 전해 듣거나 각종 커뮤니티에 떠돌아다니는 내 사진을 봤을 확률이 높았다. 그리고 은정동 화재 사건, 혹은 은정동 화재 사건 생존자, 11층 이불 아기, 정도로만 검색해도 관련 기사 수십 건을 읽을 수 있으니까. 소문을 듣고 내 이름을 검색해 봤을까. 댓글도 봤겠지. 어쩌면 친구들의 부모 중 일부는 십 년 전 뉴스 기사에 댓글을 남겼을지도 모른다.

그래도 대부분의 아이들은 그 사건을 입 밖으로 꺼내는 것이 예의가 아니라는 사실을 알고 있었다. 나를 당혹스럽게 하는 건 거의 어른들이었다. 그들은 내게 궁금한 것들을 걱정을 가장해 물어 오곤 했는데 모범적인 내 대답을 들은 후에는,

"그래도 잘 컸네."

그런 말을 칭찬이랍시고 내뱉곤 했다. '그래도' 속에 숨겨진 의미는 '그래, 그런 일을 겪은 것치고 이만하면 하자가 없는 편이지.' 정도일 것이다.

6시였다. 처음부터 학원을 빠질 생각은 아니었는데 멍하니 걷다 보니 학원을 지나쳤다. 학원이 있는 방향으로 돌아가기가 싫었다. 나는 상가로 들어가서 줄지어 늘어선

화장품 로드 숍들을 기웃거리다가 괜히 틴트를 종류별로 손등에 발라 보았다. 마음에 드는 색이 없었다. 알바생이 나를 계속 따라다니면서 이것도 어울리고 저것도 어울린다고 말하는 게 부담스러웠다. 그냥 아무거나 하나 집어서 살까 생각하고 있을 때 알바생이 화장 솜에 아세톤을 묻혀서 손등을 깨끗이 닦아 주었다.

"교복 소매에 립스틱 묻으실까 봐."

나는 알바생에게 선크림이 필요하다고 말했다. 알바생이 추천하는 선크림을 하나 사서 나왔다. 아직 다 쓰지 않은 선크림이 집에 몇 개나 있는데 왜 하필이면 선크림이 필요하다고 했지. 나는 알바생이 선크림과 함께 챙겨 준 샘플 몇 개를 가방에 넣고 문구점에 들어갔다. 색깔별로 볼펜을 샀다. 다른 물건들은 잘 챙기는 편인데 유난히 볼펜은 자주 잃어버렸다. 특히 검은색 펜은 일주일에 한 자루씩 사라졌다. 코인 노래방에 가서 노래를 세 곡 불렀다. 메들리를 연달아 불렀기 때문에 모두 합치면 아마 열다섯 곡 정도 되는 것 같았다. 그리고 시계를 보니 7시였다. 터덜터덜 걸어서 집으로 향했다. 원생 관리를 엄격하게 하는 학원이라 이미 엄마에게 전화가 갔을지도 몰랐다. 괜히 그 학원을 다니겠다고 했나. 모르는 척했지만 다른 학원에 비해 학원비가 몇십만 원 더 비싼 걸 알고 있었다. 시험 기간에 특강료를 추가로 받지 않고 꼼꼼하게 족집게 강의를 해 주고, 서울대 나온 선생님이 있으니까. 오늘 진도는 어느 정도 나갔을까? 내일이면 결석한 것을 후회하게 될 것이다. 어차피 보충을 해야 하니까. 오늘 끝내지 못한 숙제는 내일로 미뤄져 나를 더 벅차게 할 것이다.

그렇다고 해도 너무 엄살떨 필요는 없는 것이, 겨우 그런 걸로 나를 혼내는 사람은 없다. 엄마는 내가 학원을 빠졌다고 해도 웬일이야 네가, 하면서 흥미로워할 사람이었으므로.

이런 생각을 할 때마다 나라는 존재 자체가 음습하고 불길하게 느껴진다. 나부터가 나라는 존재를 너무 이용하니까.

예상치도 못하게 아파트 놀이터에서 엄마를 만났다. 아무도 없는 놀이터에서 혼자 그네를 타고 있었다. 엄마는

어린이들 못지않게 놀이터에 자주 가는 어른인데, 퇴근
후에 잠깐이라도 내려와 '스윙 워커 머신'이나 '옆 파도타
기' 같은 운동 기구를 이용하곤 했다. 콧등에 땀이 맺힐 때
쯤 내려와 그네를 몇 분간 타는 것이 엄마의 운동 루틴이
었다.

"뭐 해, 엄마? 왜 나와 있어?"

엄마는 나를 보고 피식 웃었다. 이미 학원 실장으로부
터 전화를 받은 게 분명했다.

"그냥. 너야말로 어디 갔다 오는 거야."

"그냥. 여기저기."

엄마는 아무렇지 않은 척 웃었다. 우리는 팔짱을 끼고
집으로 돌아왔다.

"유원이. 와서 과일 좀 깎아 봐."

과일을 깎으면 내 죄를 사하여 주겠다는 말로 들렸다.
엄마는 베란다에 내놨던 작은 화분들을 테이블이나 현관
신발장 위에 올려 두었다. 그렇게 하면 집 안이 좀 생기 있
어 보일 줄 아는 걸까. 나는 식탁에 앉아 키위와 배와 사과
를 깎았다.

"밑에서 전화하지. 가지러 나갔을 텐데. 이 무거운 걸."

초인종이 울리고, 아빠가 문을 열었다. 신아 언니 손에 바리바리 들린 종이 백을 나와 아빠가 나눠서 받아 들었다. 신아 언니는 나를 보자마자 활짝 웃으며 양손으로 뺨을 문질렀다. 나는 위험하다는 생각이 들 정도로 부풀어 오른 신아 언니의 배에 손을 올려 봤다. 안방에서 화장을 고치던 엄마가 한발 늦게 신아 언니를 맞이했다. 엄마는 눈을 감고 신아 언니를 한참이나 껴안고 있었다. 신아 언니의 배 때문에 두 사람 다 불편한 자세였다. 왠지 훔쳐보는 느낌이 들어 신아 언니가 사 온 건강식품과 과일들을 하나하나 꺼내 바닥에 늘어놓고 구경했다. 오메가스리, 프로폴리스, 보라지오일…… 입에 잘 붙지 않는 이름의 알약들이 여러 개였다. 면역에 좋다는, 뼈에 좋다는 약들. 갱년기에 꼭 챙겨 먹어야 하는 약이라며 신아 언니가 전에 사온 것도 엄마는 꼬박꼬박 먹고 있었다. 죽은 친구의 부모를 이렇게까지 챙긴다는 게 믿기지 않을 때가 많았다. 어릴 때부터 나는 신아 언니 같은 사람이 되고 싶다고 종종 생각해 왔다. 일단 친구를 사귀어야 한다. 우리 언니 같은.

신아 언니가 도착한 후 십 분쯤 지나서 교회 사람들이 도착했다.

언니가 중학교 때까지 열심히 교회에 다녔기 때문에 언니의 생일에는 교회에서 사귄 지인들이 방문한다. 엄마는 서너 종류의 과일과 떡, 차를 준비했다. 묻기도 전에 아빠는 베이커리에서 케이크를 사천 원 가까이 할인받았다고 자랑하듯 내 귀에 속삭였다. 아빠의 말이 끝나자마자 전 목사님의 엄숙한 목소리가 끼어들었다.

유예정 자매 12주기 추도 예배를 시작하겠습니다.

일 년에 단 한 번뿐인 언니의 생일에만 펼치는데도 집에는 성경이 세 권이나 있다. 엄마는 큰 글자 성경, 아빠는 영한 성경, 나는 '유예정'이라는 언니의 이름이 적힌 성경을 무릎에 올리고 히브리서나 로마서를 눈치껏 펼친다. 언니의 성경책은 사복음서에만 형광펜 표시가 가득하다. 목사님은 언니가 줄을 그은 곳이 성탄절 전야에 요절 암송을 맡은 부분이라고 했다.

터무니없어. 나는 터무니없다는 말을 혼자서 계속 되뇌다가 터무니없다는 말의 뜻이 뭔지 곰곰이 생각해 봤다.

언니와 유치부 보조 교사를 함께 했던 오빠, 언니의 초등부 시절 담당 선생님, 목사님과 사모님, 그리고 신아 언니는 거의 매년 빠지지 않고 언니 생일 때마다 우리 집을 찾는다. 모임은 신아 언니의 주도로 이어지고 있는 것 같았다. 신아 언니는 이처럼 세심하다. 엄마는 진심으로 방문을 고마워한다. 언니가 죽은 지 십이 년이 지났는데 아직도 생일(혹은 기일)을 세는 사람이 우리 가족 말고 더 있다는 게 나도 의아하고 의심스럽고 감사하다. 어떤 의도로 그러든, 그 노력에 대해.

언니가 다닌 유치원은 교회에서 운영하는 곳이었다. 신아 언니도 함께 다녔다. 목사님은 유치원 시절부터 초등학생, 중학생 시절까지의 언니를 기억하고 있는 몇 안 되는 어른이다. 고등학생이 되고부터 언니가 교회에 가는 횟수가 줄고 점차 언니 얼굴을 본 적이 없음에도, 목사님은 엄마 아빠가 모르던 언니의 모습을 전하는 데에 스스럼이 없다. 엄마 아빠는 성탄 전야 발표회 빼고는 교회에 가지 않았기 때문에 목사님이 지어낸 이야기라도 별수 없겠지만 그래도 목사님 말을 듣고 그랬나요, 하며 웃는다. 시간이 지날수록 이상하게 더 선명해지고 살이 붙어 생생해지는 것 같지만 그래도 십 년 내내 일관된 레퍼토리를 말하는 걸 보면 대부분 사실을 기반으로 하는 것 같다. 엄마 아빠가 기뻐 보여 견딜 만하다. 이 의식마저 없었더라면 오늘 하루를 어떻게 보내야 할지 몰라 우리 모두 헤맸을 것이다. 내가 잠시 다른 생각을 했었나, 졸았나, 그런 생각이 들 정도로 빠르게 예배가 끝났다.

"예정이가 그렇게 살가웠어요. 애가 사랑이 많았잖아. 목사님 드시라고 매주 교회 올 때마다 주머니에 꼭 뭘 챙겨 왔어."

예배가 끝난 후 사모님이 그렇게 운을 떼자 목사님은 여전히 감격스럽다는 듯 말을 이었다.

"사탕이나 초콜릿을 많이 가져다줬어요. 교회 차에서 내리자마자 뛰어와서는 목사님 이거 드세요, 하면서 귤이랑 사과도 주고 그랬어요. 혹시나 다른 애들 줄까 싶었는지 꼭 자기 앞에서 먹으라고 하고 내가 다 먹는 걸 보고 갔어. 어린이들 올 시간이 되면 예정이가 이번에는 뭘 가져왔을까 기대했어요."

"몰랐어요. 저는."

매년 듣고 있으면서도 엄마는 매번 몰랐다고 말한다.
고개를 절레절레 젓고 양손으로 부인하는 엄마의 표정은
절대로 인정할 수 없는 딸의 잘못을 전해 듣고 있는 것처
럼 보인다. 우리는 케이크를 조각내서 나눠 먹었다. 문득
얼마 전 텔레비전에 나온 영재 소녀의 부모님 반응이 생
각났다. 배우지 않고도 피아노를 기가 막히게 치는 아이
였는데 아무것도 모르는 내가 듣기에도 어딘가 비범했다.
아이의 재능을 천재 수준이라고 진단한 전문가 앞에서 아
이의 부모님은 손사래를 치며 절대로 그럴 리가 없다고
부인했다. 부모가 자기 아이를 적당히 잘 깎아내리면 시
청자가 편안함과 묘한 흐뭇함을 느낀다는 걸 아는 부모
같았다.

목사님은 그 외에도 언니가 달란트 잔치에 같은 반 아
이를 열두 명이나 데리고 왔던 일, 그 정도로 아이들이 잘
따랐고 어디서나 리더였다는 얘기, 성탄 전야에 독창을
한 적이 있었는데 노래가 심금을 울렸다는 얘기를 전했

다. 한 아이에 대한 기억이 그렇게 많다는 게 이상해 목사
님의 말을 의심한 적도 있지만 그런 아이라면, 일요일마
다 사탕이나 초콜릿이나 사과나 귤을 주머니에서 꺼내 선
물한 아이라면, 그래, 어쩌면 그 아이가 죽고 십수 년이 지
나서까지 기일을 챙길 수도 있을 것이다.

현관문 앞에서 엄마가 미리 준비해 놓은 헌금 봉투를
홍삼 선물 세트에 넣어 사모님에게 전달했다. 공단 보자
기 속에 봉투를 넣는 손길은 신속했지만 아마 모두가 눈
치챘을 것이다. 엄마가 봉투를 챙기는 것이, 저들의 진심
을 흐리게 하는 것 같다.

"뭘 이런 걸 준비하셨어요. 잘 먹겠습니다, 예정 어머니."

엄마를 '예정 어머니'라고 부르는 사람은 이제 별로 없
다. 누군가가 엄마를 그렇게 부르는 게 정말 이상하게 느
껴졌다. 무슨 의도를 가지고 있는 것만 같다. 목사님은 엘
리베이터를 타기 전 아빠의 손을 잡고 마음 편하실 때 오
세요, 하나님은 언제나 기다리고 계십니다, 말하고 아빠는
희미하게 웃으며 매번 와 주시는데 참, 저희가 면목이 없
습니다, 대답한다. 기시감이 느껴진다. 엄마 아빠는 인사

치레로라도 예배에 참석한 적이 없다. 엄마는 언니가 냈을 일 년 치 헌금을 일시불로 봉투에 넣었을 텐데. 정말 우리가 꼭 갈 필요가 있을까. 목사님은 내 머리를 쓰다듬으며 여름에 청소년 캠프가 있으니 그때라도 놀러 오라고 했고 나는 그러겠다, 대답을 하려다가 아무 말도 하지 않았다.

신아 언니는 부른 배로 설거지를 하고 있었다. 한사코 괜찮다고 나를 밀어내는 신아 언니에게서 고무장갑을 빼앗아 끼었다. 엄마는 언니더러 제발 소파에서 쉬라고, 가만히 앉아 있으라고 말했다. 엄마와 신아 언니가 이야기 나누는 소리가 들렸다.

"예정일은 언제니?"

"딱 한 달 남았어요."

"식사는 잘 챙기니?"

"저야 뭐. 아무렇지도 않아요."

"아무렇지 않기는. 손이 이렇게 퉁퉁 부었는데."

다른 사람에 비하면 자기는 정말 괜찮은 편이라며, 집에서 남편이 잘해 준다고, 고생한다 느껴지지 않는다고 신아 언니는 쾌활하게 말했다.

"내가 너더러 오지 말라고 해야 되는데. 예정이가 서운
해할까 봐……."

"무슨 그런 말씀을 하세요. 제가 서운해요. 몸이 이래서
설에도 못 찾아뵀잖아요. 요 며칠은 계속 예정이 생각이
났어요. 그러니까 못 찾아뵌 게 죄송하고 마음에 걸리고
그래서……."

"고마워."

나는 설거지를 끝낸 후 찬물을 입 안 가득 머금었다. 물
이 미지근해질 때까지 커다란 냉장고에 등을 기대고 서
있었다. 냉장고 안인지 밖인지 모를 어딘가에서 물 흐르
는 소리가 들렸다.

"유원. 뭐 해? 이리 와서 앉아. 얼굴 좀 보자."

소파에 앉자 신아 언니가 내 손을 꼭 잡았다. 엄마 말대
로 신아 언니의 손이 많이 부었다는 게 느껴졌다. 결혼반
지가 손에 꽉 끼어 피가 통하지 않는 것 같았다.

"키가 좀 큰 것 같다? 고등학생인데 계속 자라?"

"아니야. 똑같아."

"학교는 어때?"

"그냥 그래."

"원이는 맨날 그냥 그렇대. 이번에 대회 나가서 상도 탔어."

엄마는 나를 깎아내리는 걸 못한다. 그러니까 부모들끼리 우리 애는 숫기가 없어서 큰일이라거나, 사춘기가 와서 비밀이 많아졌다거나, 국어는 곧잘 따라가는데 수학이 너무 약해서 과외를 붙여야 될 것 같다는 식의 흔한 '대화의 기술'이 부족한 것처럼 보인다. 정말 내가 영재라고 생각한다면 영재의 부모 같은 태도가 엄마에게도 필요하다. 이런 면에서 엄마가 사회성이 부족해 보여 걱정이지만 신아 언니 앞이라 그나마 다행이라고 생각했다.

"그 얘기 좀 그만해. 그냥 운이라니까."

"그게 무슨 운이야, 얘는."

"정말? 무슨 대회?"

"지역에서 하는 작은 사생 대회. 동상이야. 학교 빠질 수 있다고 해서 나갔는데 전공하는 애들 안 와서 받은 거지 뭐."

"별걸 다 잘한다, 너는. 전에 물 로켓 대회에서도 은상 받더니."

동상을 받은 사람이 네 명이라는 얘기는 자존심이 상해서 하지 않았다. 더 어중간해 보일까 봐. 내 적성이 뭔지 도무지 모르겠다. 신아 언니가 그림을 보여 달라고 해 못 이기는 척 방으로 왔다. 신아 언니가 엄마에게 속삭이듯 하는 말이 들렸다. 저런 거 보면 진짜 예정이랑 닮았어요. 예정이도 못하는 거 없었잖아요. 그리고 자랑스러움을 숨기지 못하는 엄마의 목소리. 예정 아빠가 손재주가 좋잖아. 뭐 뚝딱뚝딱 잘 만들고, 그림 그리는 거 좋아하고. 피가 있나 봐. 미술적인 재능은 어머니한테서 물려받은 것 같은데요. 집 인테리어나 접시 모으는 것 보면 확실히 안목 있어요, 어머니. 신아 언니는 엄마가 듣기 좋아하는 말이 무엇인지 제대로 알고 있다.

서랍 안쪽에 넣어 둔 그림을 다시 보니 왜 이게 상을 받았는지 잘 모르겠다. 죄다 어설프고 거칠어 보이는데. 가지고 간 물감이 말라붙어 몇 개는 아예 쓰지도 못했다. 그래서 전체적으로 색이 단조로웠다.

언니가 받은 상장과 트로피들은 다른 것들과 함께 전부 타 버렸다. 액자가 부족해 언니가 초등학생 때 받은 상장들은 베란다 구석 신문지 더미 옆에 아무렇게나 쌓아 놨었다고 엄마가 말했다. 나한테 부담감을 느끼라고 한 말은 아니었을 텐데 나는 그 말을 들은 후로 나갈 수 있는 대회는 최대한 나갔다. 언니는 학교에 다니는 동안 피아노 콩쿠르, 백일장, 사생 대회, 심지어 육상 대회까지 나가서 상을 받았다는데 언니가 어떤 글을 썼는지, 어떤 그림을 그렸는지 나로서는 알 길이 없다.

언니를 기억하는 사람들은 언니가 좋은 사람이었다고 입을 모아 말한다. 언니는 나를 업고 다녔다고, 나를 끔찍이 아꼈다고, 나는 엄마보다 언니를 더 따랐다고 한다. 언니는 무엇이든 잘했다고 한다. 언니는 무엇이든 될 수 있었다고들 하는데.

나 빼고 모든 사람들이 큰 손해를 입었다는 생각이 들 때마다 어디론가 숨고 싶어진다.

"유원. 꽤 하는데? 어머니, 원이 미술 해도 되겠는데요?"

"나도 아까워. 학원 보내 준다는데도 자기가 싫다는데

뭐 어떡해."

엄마는 딸의 엄청난 재능이 감당이 안 된다는 듯 난감한 표정이다.

"그런 소리 아무한테나 하지 마. 진짜 쪽팔려."

신아 언니가 나를 흘겨보았다.

"내가 아무나냐? 그리고 이게 왜 쪽팔려. 그렇게 필요이상으로 겸손한 거 좋은 거 아니다."

"이 정도 그리는 사람 많아……."

민망해서 재빨리 그림을 둘둘 말아 고무줄로 묶는데 신아 언니가 도로 빼앗았다.

"야, 그림 망가져. 이거 내가 가져간다. 그래도 되지?"

나는 얼떨결에 고개를 끄덕였다. 주는 것은 하나도 아깝지 않았다. 신아 언니는 우리에게 늘 소박한 것만 바란다는 생각이 들었다.

4

　화재 원인은 방화도, 전기 합선도, 가스 폭발도, 언니의
부주의도 아니었다. 화재 원인을 밝혀 낸 경찰과 소방 당
국 관계자도 참사의 원인을 발표하며 한참이나 머뭇거렸
다,고 기사에 나와 있다. 12층 할아버지가 피우던 담배꽁
초가 11층 우리 집 베란다로 들어왔다. 불씨가 살아 있던
담배꽁초는 베란다에 있던 신문과 책을 태웠다. 베란다에
차곡차곡 쌓여 있던 책들은 대부분 언니의 문제집과 언니
가 초등학교, 중학교 때 모은 잡지와 소설이었다. 엄마는
중학교 때 언니가 쓴 소설을 읽어 봤다고 했다. 재미도 있
고 심오하기도 해서 언니가 계속 이어 썼으면, 하고 바랐
는데 훔쳐봤다는 걸 언니가 알면 다시는 글을 쓰지 않을

까 봐 소설 얘기는 꺼내 보지도 못했다고 했다.

　소설 같은 건 절대 쓰지 말아야지, 하고 나는 다짐했다.

　불은 순식간에 거실로 옮겨붙었다. 오래된 소파에, 장판, 벽지에 번져 거실은 순식간에 연기로 가득 찼다. 나를 어린이집에서 데려온 후 함께 낮잠을 자다가 일어난 언니는 무언가가 잘못되었다는 것을 금방 알아챘을 것이다. 방에서 나온 언니는 이미 수습할 수 없을 정도로 불이 번진 거실을 보고 어쩔 줄 몰랐을 것이고 현관 쪽으로는 감히 다가갈 엄두도 내지 못했을 것이다. 언니는 욕실로 들어가 온몸에 물을 뿌리고 이불에 물을 부어 축축하게 적셨다. 그리고 내 방 창문을 열어 베란다 쪽으로 넘어갔다. 거실 베란다와 얇은 합판으로 분리되어 있던 내 방의 베란다까지 불이 번지고 있었다. 그때쯤 먼 곳에서 사이렌이 울리는 소리를 들었을 것이다. 지나가던 이웃이 연기를 보고 신고한 것이었다. 바깥으로 고개를 내밀자 아파트 주민들이 발을 동동 구르며 11층을 올려다보는 게 보였을 것이다. 언니는 수건을 흔들며 구조 요청을 했다. 사람들은 검게 치솟는 연기 속에서 고개를 내민 생존자를 보고 탄식했다.

불길이 아주, 아주 가까운 곳까지 덮쳐 오고 있었을 것이다.

어떻게 그렇게 작위적이고 더럽게 운 나쁜 일이 있을 수 있지, 하고 나는 종종 곱씹는다. 그러나 그런 일이 있었다.

담배꽁초에서 시작된 불길은 외벽을 타고 아파트 11층과 12층, 13층, 14층을 전소시켰다. 화재가 걷잡을 수 없이 크게 번진 것은 건물 외벽이 불에 잘 타는 소재로 이루어져 있었기 때문이었다. 드라이비트라는 공법을 썼는데, 값싸고 불에 잘 타는 스티로폼으로 안을 채워 단열을 하는 거라고 했다. 불이 나면 연소되면서 많은 양의 유독 가스를 내뿜는다. 같은 소재로 건축된 아파트가 단지 내에만 여섯 동이었다. 이 사건 이후로 시공사의 무단 설계 변경과 부실시공이 큰 문제로 떠올랐다.

……그랬다고 한다. 그들이 어떤 식으로 위기를 맞이했는지는, 그 후로 그들이 어떻게 달라졌는지는 모르겠지만 아무튼 그랬었다, 고 기사가 말해 주고 있었다.

화재 사건 이후에도 그 아파트에서 이사를 간 주민들은 극히 소수에 불과했다. 아파트는 십 년이 지난 지금도 그 자리에 모두 그대로, 있다.

은정동 이동아파트 화재 사건은 열 명의 사상자를 낸 사건이었다. 오후 3시경에 발생한 사고 당시 11층부터 14층에 머물고 있던 주민들은 거의 빠져나오지 못한 채로 불에 타거나 질식해 숨졌다. 그렇게 느닷없이 '집'에서 죽음을 맞이한 것이었다. 오후 3시에 집에 있던 사람들은 대개 노인들과 수업이 끝나고 집에 돌아온 초등학생들이었다. 12층 할아버지는 가장 먼저 탈출했다고 하는데, 과실치사 혐의를 받고 감옥에서 일 년을 살고 나왔다. 나이가 많아 형 집행 정지 처분을 받았다. 우리를 포함해 유가족들은 할아버지에게 제대로 된 사과를 받지 못했다.

우리는 보상금을 받았지만 한순간에 사라진 집을 완전히 복구하기에는 역부족이었고, 그러므로 그곳에서 몇 정거장 떨어진 아파트로 이사를 했고, 방은 세 개에서 두 개로 줄었고, 나는 그때부터 혼자 넓은 침대를 쓰기 시작했

다. 이런 일들이 진행되는 동안 나는 여섯 살에서 일곱 살
이 되었고, 엄마 아빠가 어떤 마음으로 그 일들을 수습해
나갔는지에 대해서는 알지 못한다.

하지만…… 지금도 명백히 눈으로 확인할 수 있는 것이
있다.

5

아빠와 나는 전국의 소문난 맛집을 검증하는 방송을 틀어 놓고 봤다. 엄마는 피곤한 듯 일찍 자리에 누웠다.

하루 종일 심각해지지 않으려 애쓰느라 엄마가 긴장 속에 있었다는 걸 나도, 아빠도 알았다. 이번 주 방송에는 경북 포항에 있는 돌게장집이 나왔다. 삼대째 내려오는 비법으로 간장게장과 양념게장을 만든다는데, 왜 맛집은 하나같이 대를 이어 게장이나 순대국밥이나 족발을 만드는 걸까. 새벽에 일어나 매일 똑같은 방식으로 정성 들여 신선한 게를 자르는 부모님을 보면 반드시 저런 사람이 되리라, 식당을 유지하고 번창하게 하리라, 다짐하게 되는 걸까. 무엇이든 맛있게 먹는 개그맨 출신 리포터가 게의

몸통을 꾹 누르자 꽉 차 있던 내장과 살이 먹음직스럽게 흘러나왔다. 리포터는 게걸스럽다는 느낌이 들 정도로 호들갑을 떨며 살을 쪽쪽 빨아 먹었다.

"저 사람 되게 맛있게 먹는다. 우리 나중에 저기 꼭 가보자."

음식 프로를 보면서 아빠가 습관처럼 하는 말이었다. 엄마와 아빠는 행동력이 떨어지는 편이기 때문에 게장을 먹으러 포항까지 가는 일은 아마 없을 것이다. 이십 년 넘게 기사 식당을 운영하면서, 아빠도 비슷한 프로를 담당하는 PD들에게 여러 번 제안을 받았는데 그들 전부가 출연을 명목으로 대가를 원했다고 했다. 당신은 그 전부를 거절했으면서 텔레비전에 나오는 식당들은 뭐가 크게 다르다고 생각하는 걸까? 맛집 프로그램을 챙겨 보는 것이 아빠의 유일한 낙이라는 게 조금 안돼 보였다.

졸리다는 생각이 들 때쯤, 갑자기 심장이 불안하게 뛰었다. 너무 무난한 하루를 보냈나. 안온하고 단조로운 하루. 나는 쫓기듯 세수를 하고 이를 닦았다. 푹신한 이불을 덮고 재빨리 오늘 하루를 마감하고 싶었다.

재료가 떨어져서 오늘 장사는 여기까지 하겠습니다. 성원에 감사드립니다.

길게 줄 서 있던 손님들을 돌려보낸 후 가게 셔터를 내리는 맛집 사장의 모습이 화면에 나오고 있었다.

하루 매출액 삼백만 원!

자막을 보고 아빠가 감탄인지 탄식인지 모를 신음을 내뱉었다.

"나 잘게."

"응, 잘 자. 우리 딸."

방문을 열고 들어가려는 순간, 초인종이 울렸다.

나는 인터폰으로 문밖에 서 있는 사람의 얼굴을 확인했다. 아빠는 누구인지 모를 리 없으면서 물었다.

"누구야?"

누구겠어. 나는 중얼거렸다. 방 안에 있던 엄마가 어느새 문을 열고 나와 우리 중 가장 먼저 현관으로 향했다. 그제야 아빠가 엄마를 앞질러 문을 열었다.

왜 오늘은 아저씨가 오지 않을지도 모른다고 생각했을까.

"형님, 오셨어요?"

"미안. 일이 있어서 끝내고 오느라."

아저씨는 내게 검은 봉지를 내밀었다. 나는 아저씨에게 다가가 그것을 받아 들었다. 묵직했고 유리병 부딪치는 소리가 났다. 보지 않아도 알 수 있었다. 약속이라도 한 것처럼 우리 가족은 아무도 손대지 않는 비타민 음료였다. 우리는 그 음료를 냉장고에 쌓아 두지 않고 아파트 경비원 아저씨나 택배 기사, 치킨 배달원에게 제때제때 건네어 성실하게 처치했다.

일을 끝내고 급히 왔다는 아저씨 몸에서는 사우나 냄새가 났다. 아직 덜 말라 젖은 머리가 보였다. 맡겨 놨던 양복을 찾아서 바로 입고 온 모양인지 낡은 양복에서 희미하게 세탁소 특유의 꿈꿈한 냄새가 풍겼다. 아저씨가 절뚝이며 거실로 걸어 들어오는 순간 집 전체가 미세하게 몇 도쯤 기울어졌다는 걸 나만 느꼈을까. 아저씨는 늘 이렇듯 간단히 우리를 장악하곤 했다.

"식사 하셨어요?"

"먹었어요, 먹었어. 제수씨. 뭐 내오지 마세요."

엄마는 그 말을 배가 고프다는 소리로 알아들었는지 주방으로 가 뭔가를 분주하게 챙겼다. 나도 엄마를 따라가려고 했지만 아저씨가 우리 원이 얼굴 좀 보자, 하는 바람에 아저씨 앞에 앉아야 했다.

"형님, 왜 이렇게 오랜만에 오셨어요. 건강은 좀 어떠세요."

"나야 늘 건강은 자신 있지. 술 안 마시고, 담배 안 피우고, 등산 다니고. 다리가 이래서 그렇지 아무렇지도 않아."

"안 그래도 얼굴이 더 좋아지셔서 놀랐네."

아빠가 소파에 있던 방석을 내려 아저씨 엉덩이 밑으로 밀어 넣었다. 방석 하나를 더 내려 아저씨 앞에 깔자 아저씨가 그 위로 오른 다리를 올려 두었다. 아저씨는 멀쩡한 소파를 두고 꼭 바닥에 앉았다. 아저씨가 오면 우리도 함께 바닥에 앉아서 이야기를 나눴다.

"요즘 계속 바빴어. 일이 커지다 보니까 신경 써야 할게 한두 개가 아니네. 원이는 아가씨가 다 됐어. 애들 정말 금방 큰다. 원이 학교 잘 다니냐?"

"네."

나는 아저씨가 내민 손을 자연스럽게 맞잡았다. 웃으며 대답하기,도 성공했다. 아저씨가 오자 집은 순식간에 소란스러워졌다. 충분히 화기애애해 보여 다행이었다. 주방에서 그릇 부딪치는 소리가 났다. 떡이나 과일을 가져올 줄 알았는데 엄마는 식사를 준비하고 있었다. 집 안에 곰국 냄새가 퍼졌다.

우리는 늘 아저씨를 환대했다. 아무리 늦은 시간에 불쑥 나타나도 눈치를 주거나 불편한 기색을 드러내거나 부탁을 거절할 줄 몰랐다. 아저씨가 불편하다는 생각이 들기가 무섭게 그런 나에게 화들짝 놀라 버렸다. 아저씨가 왜 해마다 거르지 않고 언니의 생일에 방문하는지 궁금했다. 언니를 기리기 위해서?

언니를 잘 모르면서.

아저씨는 종종 언니가 살아 있던 내내 언니의 좋은 이해자였던 것처럼 말한다.

언니와 최후의 교감을 나눴던 유일한 존재였던 것처럼
말한다.

틀린 말이라고도 할 수 없으니 우리는 아저씨 말을 가
만히 들을 수밖에.

*

식사를 하고 왔다는 말은 예의상 한 말인 것 같았다. '예
의상.' 그런 말은 아저씨에게 어울리지 않는데. 아저씨는
엄마가 차려 온 밥상을 집안 어른이라도 된 것처럼 자연스
럽게 받았다. 아저씨가 내 손을 놓고 숟가락을 들자 조금
은 사슬에서 풀려난 느낌이었다. 대접을 들고 산에서 약
수 마시듯 꿀꺽꿀꺽 그릇을 비웠고 내가 눈치껏 한 그릇
더 가져오자 공깃밥을 통째로 말아 넣었다. 삼 일은 굶은
사람 같았다. 우리는 아저씨가 급하게 배를 채우는 모습
을 최대한 아무렇지 않은 듯이 바라보았다. 시간은 자정
을 향해 가고 있었다. 일기 예보대로 밤이 되니 기온이 낮
아져 베란다 문틈으로 들어오는 바람이 찼다. 어느 정도

허기가 달래졌는지, 아저씨는 근황을 늘어놓기 시작했다.

일부러 연기를 하려고 해도 이런 말투로는 안 할 것 같
았다. 일상적인 말들도 아저씨가 내뱉으면 사기꾼이 영업
하는 것처럼 들렸다. 사기꾼을 직접 겪어 본 적이 없지만
사기꾼은 꼭 저런 말투를 쓸 것 같았다. 쉬지 않고 말하는
데도 하고 싶은 말은 아직 시작도 안 한 느낌이랄까.

아빠가 우유부단하기는 하지만 자상한 사람이라는 걸
아저씨를 보면 더 확연하게 느낄 수 있었다. 나는 종종 배
부른 아이가 굶고 있는 아이들을 보며 '나는 배고프지 않
아서 다행이다.' 하고 생각하는 것처럼 아빠와 아저씨를
비교하며 이기적이고 안이하게 안도하고는 했다. 대화의
끝에 결국 그가 무슨 말을 할지 알고 있으면서도 아빠는
모르는 척해 줬다. 올 때마다 아저씨는 우리에게 자신이
꿈꾸는 미래에 대해 말했다.

사업을 시작하려 한다고, 자신은 지금 빈손이지만 일을
함께 하기로 한 동업자는 늘 믿을 만한 사람이라고 했다.
좋은 집안에 좋은 대학을 나온 사람. 좋은 직장에 다니다
가 그만두고 자신과 손을 잡기로 했다고, 레퍼토리는 항

상 거기서 거기였다. 하려는 사업이 무엇인지는 매번 들어도 알 수가 없었다. 주식이나 펀드, 투자, 미래 가치…… 이런 단어를 아저씨는 자주 사용했다. 특히나 전망……이라는 단어를 좋아하는 것 같았다.

실체가 없는 것들. 아저씨는 밥을 먹으면서도 오른 다리를 꾹꾹 주물렀다. 아저씨의 두 손 중 한 손은 늘 버릇처럼 그쪽 다리를 만졌다.

"유원이 공부 열심히 하고 있어? 원이가 커서 의사 되면 아저씨 다리 고쳐 주기로 했잖아. 돈 많이 벌어서 아저씨 차도 사 주고, 집도 사 준다면서."

아저씨는 기억력이 좋다. 아저씨의 기억력은 나를 곤란하게 한다.

"열심히는 하고 있어요."

"형님. 요즘 애들은 학교 다녀와서 하루도 빠짐없이 학원에를 가요. 나나 유원 엄마나 공부 머리가 없는데 원이는 누구를 닮았는지 성적을 꽤 잘 받아 오더라고요."

"원이 그러다가 서울대 가겠다야."

"서울대가 뭐예요. 하버드도 가능하지."

아저씨가 방문하는 날에는 아빠가 우스꽝스럽게 느껴진다. 재미없는 농담에 큰 소리로 웃는 아빠가, 허황된 사업 계획을 들으며 맞장구치는 아빠가 부끄럽다. 애써 비위를 맞추는 모습이 비겁하게 느껴져 눈을 똑바로 마주보기 힘들다.

엄마가 시계를 보더니 내게 이제 그만 들어가서 자는 게 좋겠다고 말했다. 엄마가 그 말을 꺼내기 오 분 전부터 나는 졸린 것처럼 하품을 하고 눈을 비볐다. 나는 자리에서 일어나 인사를 하고 방으로 들어왔다.

이불을 머리끝까지 덮었는데도 거실에서 들려오는 말소리에 신경이 곤두섰다. 아저씨가 돈 얘기를 꺼낼까 봐 조마조마했다. 아저씨는 그런 부탁을 할 때에도 스스럼없으니까. 갚을 자신이 있어서일까. 아니, 갚지 못할 상황이 돼도 우리에게는 미안해할 필요가 없으니까 그런 것 같다. 내가 두려운 건 빌려줄 처지가 되지 않는 엄마와 아빠가 아저씨에게 미안해하는 것, 쩔쩔매는 것. 카드 빚을 낼 수는 없는지 두 사람이 밤새 의논하는 소리를 내가 엿듣는 것이다.

의대를 갈 수 있는 성적은 당연히 안 된다. 그 사실은 대부분의 아이들이 뒤늦게 현실을 자각하는 시기가 오기도 전에 깨달았다.

입시 가이드북을 받았을 때 사회복지학과와 재활학과에 눈길이 오래 머물렀다. 아저씨에게 도움이 될 수 있는 방향이 아닐까. 그런 선택을 하는 게 아저씨의 은혜를 갚는 최소한의 도리가 아닌지 고민하게 된다. 내가 중소기업 회사원이 되거나, 작은 공방을 열어서 시시한 소품들을 팔며 살게 되면 아저씨가 찾아와서 익살스럽게 건넬 말을 이미 들은 것만 같고, 그런 말을 흘려듣지 못하고 며칠간 끙끙 앓을 내 모습을 이미 본 것만 같다.

'원이, 아저씨랑 약속했잖아.'

아저씨가 내 주변을 맴돌며 우리를 착취하는 방식은 누군가에게 전수해야 하지 않을까 생각이 들 정도로 특출하다. 그 근면함과 성의를 보면 아저씨의 마음을 함부로 무시할 수 없게 된다. 끈기와 집요함은 어느 옛날 영화에서 본 섬뜩한 모성과도 닮은 것 같다. 아저씨는 나를 온몸으로 받아 낸 이후에, 나라는 존재에게 그런 모성이 생긴 건지도 모른다고 한때는 생각하기도 했다. 나는 아저씨의 의도를 가늠하려고 노력한다. 일부러 괴롭히는 것 같기도, 점진적으로 복수하는 과정 같기도 하다.

나는 왜 아저씨의 냄새에 예민해지고, 아저씨의 말투와 사소한 습관을 판단하는지. 나는 왜 당연히 고마워해야 할 대상에게 사나운 마음을 갖는지.

나는 텅 빈 어둠 속을 노려보다가 거실에서 들려오는 엄마 아빠의 웃음소리를 듣고 뜨거운 것에 덴 것처럼 놀랐다. 웃음소리에 웃음이 하나도 없었다. 그런 웃음을 듣고 있다 보니 몸이 저며져 종잇장처럼 얇아지는 듯했다.

화재 사건 이후 언론에서는 두 명의 시민 영웅을 칭송하는 기사를 쏟아 냈다. 한 명은 죽음의 공포를 이겨 내고 현명한 판단으로 어린 동생을 살린 후 숭고한 죽음을 맞이한 십칠 세 소녀, 또 다른 한 명은 자신의 몸을 불살라 '네 이웃을 내 몸과 같이 사랑하라'라는 말을 실천한 사십 대 가장이었다.

그날 아저씨는 11층에서 떨어지는 무언가를 온몸으로 받아 냈다. 불길에 휩싸인 언니가 젖은 이불에 둘둘 말아 아래로 내던진 것. 아저씨는 뇌진탕으로 의식을 잃었다. 오른쪽 다리뼈는 산산조각이 났고 오른팔은 골절상. 몸 전체에 타박상과 찰과상. 화물 트럭 운전사였던 아저씨는 직장을 잃고 일 년 넘게 재활 치료를 받았다. 재활 기간 동안 많은 매체에서 아저씨를 인터뷰했다. 적지 않은 성금이 모였다. 많은 사람들이 아저씨를 도왔다. 아저씨의 다리는 끝내 원래대로 회복되지 못했다.

복지(福祉): 행복한 삶

내가 아저씨를 위해? 그럴 수는 없었다.

마땅한 죄책감

1

숨을 이유가 없는데도 몸을 잔뜩 웅크렸다. 누구일까. 조심성 없는 발소리였다. 내 앞에 책상과 의자가 차곡차곡 포개어져 있었기 때문에 나도 그 애를 확인할 수 없었고 그 애도 내가 있다는 걸 모르는 듯했다. 제발 그냥 가. 속으로 소리쳤지만 발소리는 점점 더 이쪽으로 가까워지고 있었다. 가끔 커플이나 비밀 얘기를 하는 아이들이 5층 복도를 오가는 걸 보기는 했지만 이 책상 더미까지 헤치고 들어오는 사람은 처음이었다.

품이 큰 체육복을 입은 낯선 여자애와 눈이 마주쳤다. 겉으로 티가 나지는 않았지만 어쨌든 서로 깜짝 놀랐기 때문에 우리는 각자 겸연쩍어하며 고개를 돌렸다. 나는 저 애가 어쩌다가 여기까지 올라왔는지 궁금했지만 먼저 말을 걸 정도는 아니었다. 옥상 입구는 학교에서 가장 구석진 곳인 줄 알았는데, 다른 구석을 찾아봐야 하나. 얼마쯤 심란해졌다.

내 안락한 공간을 침범한 침입자가 뭘 하는지 의식하면서도 단어를 외우는 척 딴청을 피웠다. 침입자는 주춤하고 도로 계단을 내려가려다 마음을 고쳐먹었는지 주머니에서 무언가를 꺼냈다.

서너 개의 열쇠가 달린 고리에서 하나를 찾아내더니 익숙한 듯 옥상 문에 걸려 있던 자물쇠를 열었다. 철컥, 소리를 내며 자물쇠가 열렸다.

"어?"

나는 바보 같은 소리를 내고 말았다. 그 애는 내 쪽으로 돌아보았다. 무심한 표정이었다.

"들어올래?"

엉거주춤 몸을 일으켜 체육복 입은 애를 따라 들어갔다.

"열쇠 어디서 났어?"

"마스터키야."

"그 마스터키가 어디서 났는데?"

체육복 입은 애는 약간 성가시다는 듯 나를 봤다.

"훔친 거 아니니까 걱정 마. 들켜도 책임지라고 안 할 테니까."

"함부로 열어도 돼?"

"되겠니?"

내가 생각해도 하나 마나 한 소리였다. 순진한 척하는 것으로 보였으려나. 그럴 의도는 전혀 없었다. 전교생은 1,200명이다. 십 년 전 학생 수는 2,000명이었다고 교장 선생님이 말했다. 나는 이걸 왜 기억하고 있는 걸까. 그냥 1,200명 중에서 옥상에 올라와 본 학생은 몇 명일까 문득 궁금했다.

"여기 자주 와?"

"가끔."

"한 번도 못 봤는데."

"엇갈렸나 보지. 저번에 크림빵 먹었지? 빵 봉지 봤어."

도리어 체육복은 자신의 아지트를 침범한 범인을 드디어 찾았다는 듯 의기양양해 보였다.

"너 3반이지?"

하긴 이제 2학년이니 알 만한 사람은 다 알겠지, 나는 생각했다.

"김세진이랑 나랑 1학년 때 같이 다녀서 알아. 너 김세진이랑 짝이잖아. 가끔 교과서 빌리러 갈 때 봤어."

김세진은 초등학교 때부터 회장을 놓친 적이 없다는, 초등학교 6학년 때와 중학교 3학년 때는 학생회장도 한, 단일 출마로 매번 투표 없이 당선된, 담임의 자랑이자 차기 학생회장이 될 것임이 분명한 내 짝이다. 김세진과 같이 다녔다는 정보만으로 체육복에 대한 선입견이 생긴다는 걸 체육복은 알까. 김세진은 좋은 회장이고, 회장을 할 만한 아이였다. 공기계가 아닌 자신의 핸드폰을 매일 아침 제일 먼저 수거 가방에 넣는 모범생. 2학년이 된 후로는 주로 세진의 무리와 밥을 먹었다. 같이 밥을 먹는다고 해서 깊은 얘기를 나누는 건 아니었지만 어쨌든 김세진은 나에게 잘해 줬다. 누가 시켜서 그렇게 행동한다는 생각이 들지 않았다. 속으로는 재수 없어 할 사람이 있을지 모르겠지만 김세진은 꼬투리 잡힐 만한 행동을 할 아이가 아니었다.

"유-원? 내 이름은 이거야."

체육복은 몸을 기울여 내 명찰을 읽더니 체육복 소매를 뒤집어 안쪽에 박음질된 자기 이름을 보여 주었다. 신-수-현. 천 원만 내면 금실로 이름을 박음질해 주는데 굳이 자기가 바느질해 새긴 모양이었다.

"다음 시간 체육?"

"아니. 답답해서 입었어."

그래도 색은 좀 맞춰 입지. 나는 속으로 생각했다. 윗옷은 파란색 동절기 체육복, 바지는 빨간색 하절기 체육복을 입은 터라 태극기를 뒤집어 놓은 것 같았다. 신수현은 다시 봐도 낯선 얼굴이었다. 눈썹이 반듯하고 진해서인지 가까이에서 보면 옷차림과 상관없이 모범적이고 단정한 인상이라고 느껴졌다.

신수현은 옥상을 천천히 거닐었다. 우리 말고 아무도 없었다.

"여기 올라와서 뭐 해?"

"그냥, 아무것도 안 해."

아무것도 안 한다는 말로는 대답이 부족하다고 느꼈는
지 신수현은 학교에는 어딜 가나 — 화장실이나 도서관이
나 — 인간이 너무 많고, 소란스럽고, 웃을 일이 많다고 했
다. 웃다가 지치면 슬쩍 빠져나와 이곳으로 온다는 거였
다. 애들을 따돌리고 오는 게 일인데, 걔네들은 자신이 이
런 곳을 혼자 알고 있다는 사실을 알면 서운해할 테니 김
세진한테도 비밀로 해 달라고 했다.

인기 많다고 잘난 척하는 건가? 그래도 신수현이 나를
김세진의 짝이라는 것 말고 그 이상으로 아는 체하지 않
아서 약간 호감이 갔다. 별 볼 일 없는 조용한 동네에서 그
사건을 모르기란 더 힘들 텐데. 수능 전날 교실에서 자살
기도를 한 3학년 1반 선배에 대한 이야기도 거의 이십 년
째 회자되는 마당에, 9시 뉴스에 여러 번 후속 보도가 되
었던 사건을 모를 거라는 기대는 들지 않았다. 한 번쯤 검
색은 해 보지 않았을까 생각하며 신수현이 옥상 난간에
기대어 운동장을 바라보는 뒷모습을 보았다. 차라리 모든
게 자의식 과잉으로 비롯된 나의 허황된 걱정이길 바라며
신수현 곁에 섰다.

옥상 난간은 꽤 높아 우리는 까치발을 하고 목만 쭉 빼서 아래를 내려다보았다. 둘 다 고만고만한 키였다. 아래를 내려다보자 약간 현기증이 일었다. 아까 먹은 크림빵과 우유가 소화되지 못하고 올라올 것 같았다. 고작 5층인데. 겨우 5층이었다.

언제부턴가 조금만 높은 곳에 올라와도 실험체가 되는 묘한 기분을 느꼈다.

탐구 주제. 낙하하는 물체에는 어떤 현상이 일어나는가. 걸핏하면 어릴 때 과학 채널에서 보았던 장면이 환기되는 것이었다. 같은 크기의 300그램짜리 쇠공과 1킬로그램의 쇠공을 30미터 높이의 건물 위에서 떨어뜨리는 실험은 어떤 공이 먼저 떨어지는지, 먼저 떨어지는 원리는 무엇인지 알아보는 간단한 실험이었는데 나는 자꾸만 그 쇠공을 15킬로그램이었던 여섯 살의 나로 치환하여 15킬로그램의 유원이 30미터 높이에서 떨어지면서 느낄 중력과 공기 저항, 땅에서 느낄 파장을 따지면서 결과를 도출하려 하고 있었다. 운동장에는 늘 그렇듯이 남자애들이 팔대 팔로 축구를 하고 있었다. 축구를 하려고 급식을 십 분

만에 먹는 애들인데, 밥을 먹고 바로 뛰어도 몸에 무리가
없다는 게 신기했다.

"열심히 뛴다."

"그러게."

옥상은 언제부터 잠겨 있기 시작했지? 옥상에서 담배
피우는 학생들, 무리를 나누어 패싸움하는 일진들 같은
건 언젠가 드라마나 영화에서 본 적 있다. 한없이 촌스러
운 장면이었다. 옥상은 줄곧 비어 있었던 듯했다. 축구는
일방적으로 한쪽이 밀리는 모양새였다. 오 분 동안 왼쪽
팀의 골망만 세 번이 흔들렸다. 골을 넣은 아이의 포효가
이곳까지 들렸다.

"신기하다."

수현이 희미하게 웃으며 말했다.

"뭐가?"

"그냥. 너무 웃기기도 하고."

나는 뭐가 웃기다는 건지 생각해 보았다. 새벽 내내 비
가 와 물이 고인 운동장에서 실내화를 신고 축구를 하는
저 대책 없음이 웃기다는 건지, 빵 봉지로 종종 흔적을 남

기고 가던 옥상 입구의 침입자를 우연히 만났다는 사실이
우습다는 건지 알 수 없었다. 나는 난간에서 물러서서 옥
상에 있는 작은 창고 쪽으로 가 보았다. 네모반듯한 모양
의 조립식 창고는 사면 어디에도 창문이 없어서 무슨 용
도로 만들어 놓은 건지 알 수 없었다. 조립식 창고에도 자
물쇠가 걸려 있었다.

"신수현."

수현은 축구를 보다가 내 목소리에 뒤돌아보았다.

"여기도 열어 보자. 마스터키로."

자물쇠가 녹이 슬어 듣기 싫은 소음을 냈지만 그것도
잠시였다. 수현은 문고리를 잡고 문을 열어젖히기 전에
내게 물었다.

"굳이 열어야 될까."

"뭐 있는지 봤어? 넌 알아?"

"난 알아."

안다고 말하는 표정이 필요 이상으로 진지해서 오히려
수현이 나를 놀리는 것 같았다. 별것도 없는데 '네 뒤에
귀신 있다' 같은 말을 하려고 시동을 거는 것 같았다.

"그래 봤자…… 청소 도구 같은 거나 있겠지."

문이 열리자 고여 있던 먼지가 피어올라 우리 둘 다 손으로 입을 막고 기침을 했다.

"이게 뭐야?"

안으로 들어가 둘러보니 창고 안의 철제 수납장에는 온갖 물품들이 나름의 기준대로 정리되어 있었다. 한 칸에는 신발 가게를 방불케 할 만큼 다양한 브랜드의 운동화와 실내화가 가득 쌓여 있었고 한쪽에는 디자인이 바뀌기 전의 체육복과 교복들, 처음 보는 이름의 만화책들, 2000년대 초반 교과서와 문제집들, 바람 빠진 축구공과 피구공, 배드민턴 채, 우산들, 크리스마스 전이나 스승의 날 때 교실 어느 곳을 장식했을 법한 반짝이는 소품들…….

거의 다 학생에게 압수했거나, 학생들이 졸업하며 두고 갔거나, 칠칠맞지 못하게 흘리고 갔을 것이 분명한 물건들이었다.

"버리지도 않고 이걸 뭐 하러 이렇게 모아 뒀지? 이제 찾으러 올 사람도 없을 텐데."

"이제 이런 게 여기 있는지도 모를걸. 선생님들도 말이야. 운동화 같은 건 언젠가 주인이 찾으러 올지도 모른다고 생각해서 모으고 모으다가 버릴 타이밍을 못 잡았을 수도 있고."

나는 거기서 십 년 전 디자인의 교복을 알아보았다. 우리가 입학할 시기에 바뀐 교복은 예쁘고 활동성이 좋아서 대부분의 애들이 만족하고 있었다. 이전 교복은 겨울에는 원단이 얇아서 춥고 여름에는 통풍이 안 되어 땀이 차는 데다가 치마에 주름이 없어 보폭을 넓게 걸을 수도, 계단을 두 칸씩 오를 수도 없었다.

그랬다고, 신아 언니가 말해 주었다.

초등학생 때 엄마와 같이 걷다가 하교하는 이 학교 고등학생들을 마주치기라도 하면 나는 엄마의 표정을 먼저 살폈다. 교복을 입은 학생들은 다 똑같아 보인다. 그게 문제였다.

"난 갑자기 비 오는 날에도 비 안 맞아. 여기서 우산 가져가거든. 너도 필요하면 말해."

옥상으로 들어서기 전부터 자신이 이곳에 있는 모든 것의 주인인 양 말하는 수현이 웃겼다.

그때 점심시간 종료 오 분 전임을 알리는 예비 종소리가 울렸다. 나는 나를 먼저 내보내고 꼼꼼하게 문단속을 하는 수현을 물끄러미 바라보았다.

"너 여기 얼마나 자주 와?"

수현이 열쇠를 공중에 던졌다가 받으며 내게 물었다. 짤랑거리는 소리에 귀가 아팠다.

"자주 와. 학교 밥 먹기 싫어서."

수현은 그러냐는 듯 고개를 끄덕였다. 열쇠를 복사해주면 안 되냐는 말이 목 끝까지 차올랐지만 왠지 염치가 없게 느껴져 참았다. 초면이니까. 그리고 신수현은 또 만날 수 있는 애 같았다. 우리는 이제 같은 아지트를 공유하는 것과 다름없으니까.

2

나는 김세진을 보았다. 정말 그냥 보기만 했는데 세진은 내가 펜을 빌려 달라는 줄 알았는지, 필통을 열어 샤프를 내밀었다. 지우개는 덤이었다.

내가 한 박자 느리게 교과서를 꺼내거나 애들이 이동 수업 시간 교실을 나설 때 자리에 그대로 앉아 있으면 옆자리에 앉은 회장은 꼭 나에게 한 번 더 말했다.

"유원아, 지금 영어, 영어!"

"유원아, 한국사! 오늘 숙제."

"유원아, 체육복 갈아입자."

나도 알아. 나도 눈 있고 귀 있어. 그렇지만 나는 작게 고맙다고 말한 후 교과서를 책상 위에 올렸다.

"오늘 이십 쪽이야."

알고 있어. 그렇게 덜떨어져 보여, 내가? 나는 괜히 쏘아붙이고 싶은 것을 참고 조용한 목소리로 세진에게 고마워,라고 말했다. 대답만 잘해도 세진은 급식으로 나온 요거트나 바나나를 따로 챙겨다 주고, 내가 넋 놓고 있느라 흘려들은 시험 범위를 체크해 준다.

상당히 많은 애들이 내게 연민 비슷한 감정을 느끼고 있다는 것은 오래전부터 본능적으로 알고 있었다. 초등학교나 중학교 때는 어리고 지금보다 겁도 없었기 때문에 대놓고 애들이 싫어하는 짓을 하고는 했다. 지금은 형식적으로라도 묻는 말에 대답은 하는데, 그때는 내 이름을 불러도 돌아보지 않았다. 단순히 성가시다는 이유만으로. 한두 번은 '쟤 뭐지. 나 무시하나. 에이, 무시는 아닐 거야. 그냥 안 좋은 일이 있나 보다.' 하고 나를 탐색하던 애들이 시간이 지나자 '유원에게 무시당한 무리'가 되었고, 그 애들은 합당하게 나를 싫어했다.

그럼에도 기억에 남는 험담이나 해코지를 당한 적은 없었다. 그때는 몰랐다. 내가 엄청난 확률로 —나의 퉁명스러움을 과거의 그늘로 알아서 해석해 주는──좋은 애들을 만났다는 것을. 고등학교에 와서 그냥 재수 없게 쳐다봤다는 이유만으로도 따돌림당하는 애들을 보고 나니 더 그렇게 느껴졌다. 재수 없게 쳐다본다는 건 어떤 걸까.

아예 친구가 없었으면 몰라도 초등학교 때는 나름대로 친구들이랑 어울려 놀다가 중학생이 되어서 본격적으로 혼자 다니기 시작하니 엄마 아빠가 불안해하는 게 느껴졌다. 대놓고 묻지는 않았지만 "유원아, 생일 파티 때 친구들 몇 명 부를 거야?"라고 묻는 엄마의 눈빛에는 '설마 한 명도 안 오지는 않겠지?' 하는 불안감이 서려 있었다. 엄마의 우려와는 달리 내게는 내가 오라고만 하면 그리 친하지 않은 애들도 최대한 시간을 내어 와 줄 거라는 확신이 있었다. 다만 누가 먼저랄 것 없이 갸륵해하는 표정으로 '해피 버스 데이 투 유' 대신 '당신은 사랑받기 위해 태어난 사람'을 불렀던 초등학교 4학년 생일 파티 이후 앞으로 생일은 가족끼리만 보내리라 결심한 것뿐이었다.

"김세진."

나는 바른 자세로 앉아 선생님의 목소리에 집중하며 열심히 필기하는 세진을 불렀다. 세진은 눈을 동그랗게 뜨고 나를 보았다. 왜? 입 모양으로만 물었지만 그것도 다정하게 느껴졌다.

　"너 신수현이랑 친해?"

　"응. 작년에 같은 반이었어."

　세진은 나와 물리를 번갈아 보며 작은 목소리로 대답했다.

　"신수현이랑 같은 학원 다녀?"

　"아니. 수현이는 학원 안 다녀."

　세진의 목소리가 점점 작아졌다. 세진은 약간 곤란해하면서도 내 질문에 빠짐없이 대답했다.

　"걔 번호 좀 주면 안 돼?"

　물리가 우리 쪽을 바라보는 것이 느껴졌다. 세진은 당황한 듯 교과서 한 귀퉁이에 글씨를 적어 내 쪽으로 밀었다.

　'이따가 줘도 되는지 수현이한테 물어볼게!'

　"집중해."

　우리 쪽을 향해서 물리가 주의를 줬다. 세진은 내 몫까지 집중하겠다는 듯 더 꼿꼿하게 등을 펴고 앉았다. 나는 세진의 옆모습을 빤히 쳐다보았다.

'그냥 내가 물어볼게.'

나는 세진이 쓴 글 밑에 그렇게 적었다. 세진은 힐끔 교과서를 확인하더니 다시 밑에 적었다.

'웅! 오늘 수업에서 시험 문제 나온대.'

집중하라는 뜻인 것 같았다.

3

오늘은 올까. 나는 삼각김밥을 먹으며 생각했다. 옥상에 들어가 본 것은 단 한 번뿐이고, 일 년 넘게 이 옥상 문 앞에서만 시간을 보냈는데도 이 안에 들어가지 못하는 지금이 오히려 이상하게 느껴졌다. 내가 일주일 내내 급식을 거르고 옥상 문 앞에서 빵으로 점심을 때우는 동안 신수현은 한 번도 오지 않았다. 의외였다.

approach
…에 다가가다. 근접하다.

나는 마지막 단어를 소리 내어 뱉어 보았다.

― 언니. 주말에 영화 볼래?

나는 신아 언니에게 메시지를 보내려다, 말았다. 임신하고 나서 신아 언니는 많이 조심스러워졌다. 결혼을 하고 나서도 자주 만났다. 얼마 전까지만 해도 나는 신아 언니와 내가 말이 잘 통하는 베프라 여겼고, 열 살 넘게 차이가 나지만 내가 또래보다 특별히 조숙하기 때문에 우리 사이에 나이는 문제가 되지 않는다고 생각했다. 하지만 내게 학교-학원-집-학교-학원-집이 당연한 패턴이 되었듯이 신아 언니 역시 집, 집, 집뿐이었기 때문에 이따금 만나도 대화가 뚝뚝 끊기는 일이 잦았다.

신아 언니와 나를 연결해 주는 것은 원하든 원하지 않든 언니다. 이곳에는 없지만 분명히 있는 언니.

나는 오랜만에 신아 언니의 블로그에 들어가 보았다. 십 년도 더 된 이 블로그는 신아 언니가 좋아하는 가수와 노래, 챙겨 본 드라마, 최근에는 육아 일기, 옷이나 생활용품 공동 구매에 이르기까지 다양한 게시물이 꾸준히 올라온다. 블로그는 신아 언니의 흔적으로 가득한데, 그게 신아 언니를 이해하는 데 도움이 된다는 뜻은 아니다.

예상대로 어제저녁, 새 게시물이 올라와 있었다.

예정이의 12주기 추도 예배에 다녀왔다.

일기 형식의 게시물이었다. 바쁜 일상을 살아가면서 자신도 모르게 언니를 잊고 지냈던 시간들에 대한 반성과, 언니를 사랑하는 사람들과 기억을 나누며 다시금 자신이 얼마나 아름다운 친구를 떠나보냈는지 알게 되었다는 서글픈 깨달음을 얘기하고 있었다.

원이를 볼 때마다 마음이 울렁거린다.

신아 언니는 게시물에 내가 그린 그림을 첨부해 두었다.

원이는 예정이의 그림을 본 적도 없을 텐데 이상하게 그림의 느낌까지 닮았다. 예정이는 장난이랍시고 내 교과서나 일기장에 잔뜩 낙서를 하곤 했는데 나는 그런 자투리 그림들이 마음에 들었다.

그리고 순간순간 나를 놀라게 하는 건 원이의 목소리. 보고 싶었어, 하며 그 애가 나를 껴안았을 때 그 애 안에 예정이가 살아 있는 것 같은 느낌이 들었다.

나는 눈물을 참고 창을 닫았다. 언니나 신아 언니 중 누구라도 미워하게 될까 봐 겁이 났다. 앞으로 이 블로그에 업데이트될 게시물은 보지 않을 것이다. 그렇게 다짐했다.

남은 시간 동안은 영어 듣기 평가 기출 문제를 듣다가 점심시간이 끝난 후에 교실로 향했다. 그날 이후로 복도에서 그 애의 뒷모습을 몇 번이고 보았다. 반이 가깝기 때문에 이전에도 분명 봤을 텐데, 옥상에서 마주치기 전까지는 전혀 기억에 없는 얼굴이라는 게 신기했다. 세진에게 교과서를 빌리러 왔었다면 대화는 나눠 보지 않았더라도 이름 정도는 알고 있어야 했던 것 아닐까. 이제 와서야 하루에 두세 번도 더 내 눈에 띄는 수현의 정체가 궁금했다.

5반이었다. 모의고사 평균 점수가 가장 높은 반. 단합력이 좋고 활발해서 선생님들이 좋아하는 반으로 소문이 나 있었다. 나는 은연중에 수현이 나와 비슷한 부류의 아이라고 착각했던 걸까. 그 애와 같이 있었던 건 단 십오 분이었는데.

오늘도 여지없이 헐렁한 체육복을 입고 있는 수현이 복도에 보였다. 점심을 먹은 뒤 한 바퀴 산책을 하고 오는 길인지 친구들과 팔짱을 끼고 자기 반 교실로 들어가고 있었다. 나는 5반 앞을 서성거리다가 마침 교실 안으로 들어가는 한 아이를 붙잡고 말했다.

"신수현 좀 불러 줄 수 있어?"

그 애는 나를 위아래로 훑어보더니 교실 안으로 들어가자마자 큰 소리로 외쳤다.

"수현아! 누가 너 찾아."

수현은 나를 보더니 눈이 커졌다.

"웬일?"

다른 목적은 없고 다만 필요에 의한 방문이라는 듯, 나는 단도직입적으로 말했다.

"옥상 열쇠 좀 빌려줘."

"야. 쉿."

수현은 나를 구석으로 밀었다.

"그렇게 큰 소리로 말하면 안 되지. 애들한테도 비밀이란 말이야."

"그거, 나한테 팔면 안 돼?"

수현이 픽 하고 웃었다.

"보니까 넌 옥상에 자주 오지도 않는 것 같던데. 그거 나한테 더 필요하거든."

"맡겨 놨냐. 나도 필요해."

수현은 잠시 생각하다가 내게 물었다.

"너 학교 마치고 학원 가?"

중간고사가 다음 주라 특강이 있었다.

"아니."

"그럼 좀 남아. 같이 어디 좀 가게."

"어디?"

"있어. 암튼 이따 봐."

수현은 인사도 없이 교실로 돌아갔다.

"쟤, 걔 아니야?"

갑작스럽게 출현한 나에 대해 말하는 소리가 들렸다.

나는 며칠간 오가면서, 수현이 반에서 부회장이며 봉사 활동 동아리 부장이라는 것을 알게 되었다. 학종을 노리는 걸까. 나는 수현에 대해서 그 정도만 유추할 수 있었다. '개'란 '11층에서 떨어졌는데 살아남은 개'를 말하는 거겠지. 불쑥 찾아온 것이 후회됐다. 수현은 '개'와 어떻게 아는 사이라고 친구들에게 둘러댈까.

*

청소를 끝내고 아이들이 모두 떠난 교실에 앉아 있었다. 교실에는 오늘 하루 종일 자고도 계속 엎드려 있는 아이와 수현을 기다리는 나만 있었다. 지금이면 5반도 수업이 끝났을 텐데. 청소도 다 끝났을 시간인데. 수현은 오지 않았다. 약속을 잊어버린 건가?

수업이 끝나면 도망치듯 가장 먼저 교실을 나서는 터라, 애들이 떠난 교실이 이렇게 조용하다는 사실을 모르고 있었다. 점심시간을 제외하고는 계속 엎드려 있기만 하는 이상인이 이 시간까지 잔다는 사실도 처음 알았다. 깨우는 친구가 아무도 없다는 사실도. 쟤는 혼자서 계속 잤던 건가. 쟤는 친구도 없나? 아니 그보다 어디 아픈가. 어떻게 하루 종일 잘 수가 있지? 나는 나와 아무 상관도 없는 애 걱정을 했다. 걱정을 하면 시간이 잘 갔다. 나는 이상인이 깰까 봐 발소리를 최대한 내지 않고 교실 뒤편 게시판을 새삼스럽게 보았다. 공개 수업 때 학교에 방문해 딸이나 아들의 흔적을 찾는 학부모처럼.

[자랑스러운 3반의 수상 실적]

민망할 정도로 비어 있었다. 교내 백일장, 교내 논술 대회, 사생 대회, 영어 말하기 대회. 대회는 많은데 상을 받은 아이는 없었다. 사생 대회란에 조그맣게 '동상 유원'이라고 적혀 있을 뿐이었다. 뭐, 아직 학기 초니까 그럴 수도 있지, 하고 생각했다.

희미한 먼지 냄새, 그리고 희미한 땀 냄새, 빛바랜 커튼을 통과하는 기운 잃은 햇볕.

수현을 기다리는 시간이 길어질수록 긴장감이 흐려지

고 있었다. 긴장이 줄어드니 도리어 내가 꽤 긴장해 있었다는 걸 깨닫게 되었다. 그때, 벌컥 교실 문이 열렸다.

"미안. 아무 생각 없이 애들이랑 교문까지 갔다가 갑자기 너 생각나서 돌아왔어."

수현은 달려왔는지 얼굴이 빨갛게 익어 있었다. 숨을 몰아쉬며 쏘리, 쏘리를 연발했다.

"내가 기다리라 해 놓고. 진짜 미안. 나 원래 좀 깜빡깜빡하거든."

수현이 내게 미안함을 좀 느껴도 나쁘지 않을 것 같았다.

"그 대신 내가 좋은 곳 데려가 줄게."

나는 짐짓 너그러운 척 고개를 끄덕였다.

"깜짝이야. 쟨 뭐야?"

"이상인."

수현은 체육복을 베개 삼아 얼굴을 파묻고 있는 이상인 근처로 향했다. 체육복은 참 활용도가 높았다.

"이름이 궁금하겠냐. 왜 이러고 있어?"

"원래 계속 자는 애야."

"그래도 깨워 줘야지. 버리고 가냐? 너희 반 애들 되게 인정머리 없다."

수현은 아무렇지 않게 잠든 아이의 어깨를 흔들었다.

이상인이 짜증스럽게 한쪽 팔을 허공에 휘저었다.

"봐, 가라잖아."

수현은 그래도 두고 가는 게 뭔가 찜찜한 듯 한참이나 이상인을 바라보다가 돌아섰다. '원래 계속 자는 애'를 처음으로 깨운 수현을 나는 물끄러미 바라보았다.

"그래, 가자."

나는 어디에 가는 것이냐고 묻지 않았다. 수현과 걷는 게 별로 어색하지 않아서 다행이라는 생각만 들었다. 수현의 기분도 나쁘지 않아 보였다. 우리는 학교에서 가까운 아파트 단지로 들어갔다.

"너 여기 살아?"

"아니? 우리 집은 버스 타고 네 정거장."

키는 나와 비슷한데 보폭이 넓어 수현은 성큼성큼 걷는다는 느낌이었다. 함께 걸을 때 좀 숨이 찼다.

"근데 여긴 왜?"

"새로 지은 아파트들은 비밀번호 안 누르면 못 들어가

잖아."

페인트칠을 최근에 새로 하기 전까지 꽤 낡아 보이는 외관이었던 아파트다. 교실에서 창문을 열면 바로 맞은편에 보이는 곳. 영어 시간이었던가 수학 시간이었던가, 애들이 밧줄에 몸을 의지하고 외벽에 페인트칠을 하는 아저씨들을 보며 "저거 돈 많이 준대." "떨어지면 죽겠지?" 그런 말들을 생각 없이 내뱉는 걸 들었다.

곳곳에 CCTV가 있기 때문에 경비 아저씨의 눈을 피하기 위해 엘리베이터를 타고 20층까지 간 후 20층부터 21층, 22층, 23층, 24층, 그리고 옥상까지 걸어 올라갔다. 수현은 이번에도 익숙하게 옥상 문을 열었다. 이래도 되나 불안해하는 내 표정을 읽었는지 한 번도 잡힌 적이 없다고 말해 줬다.

옥상에 올라서자 주황빛과 분홍빛이 섞인 노을이 드넓게 펼쳐져 있었다. 바람이 불었다. 밑에서는 느끼지 못했는데 바람이 꽤 거세게 불어 구름이 이동하는 것이 선명하게 보였다. 우리는 미동도 없이 바람을 맞으면서 노을을 봤다.

"옥상은 왜 다 잠겨 있는 걸까? 내내 아파트에서 살았
는데도 옥상에 올라와 본 적이 없는 것 같아."

"자살하는 사람 때문에 아파트값 떨어질까 봐?"

틀린 말은 아닌 것 같지만 선선히 수긍하기에도 어쩐지
극단적인 관점이라 나는 대꾸를 하지 않았다.

그 대신 궁금했던 걸 물어보았다.

"마스터키 어디서 났어?"

1학년 때 가장 친했던 친구의 아버지가 열쇠 기술자였
다고 했다. 친구는 수현의 생일에 마스터키를 선물했다.
기억에 남을 만한 선물을 고를 줄 아는 애였다. 달리 생각
하면 그 애에겐 마스터키를 구하는 게 큰 어려움이 아니
라 선택일 뿐이었을지도 모르지만.

"그래서, 지금도 친해?"

"적당히? 6반이라 자주 못 봐."

"그 키로 학교 옥상 자물쇠도 열고 사물함 자물쇠도 열
고 아파트 옥상 자물쇠도 연다는 게 신기하다."

"응, 그래도 이건 못 줘. 마스터키 이제 쉽게 못 구해. 걔
네 아버지가 이제 열쇠는 안 하고 변기만 뚫으신대. 그게

훨씬 벌이가 좋대."

"하긴. 우리 집도 일 년에 두 번은 뚫으니까."

"도둑이라도 들어야 장사가 되는데 이 동네는 너무 평화롭잖아. 열쇠 기술자가 있을 만한 곳이 아니야."

"이 동네가 평화로워?"

나의 물음에 수현은 문득 섣불리 대답하기 힘든지 잠시 고민했다.

"적당히?"

나는 평화로움의 기준에 대해서 생각했다.

옥상에서 보는 노을은 아름다웠다. 너무 붉어서, 시작과 끝이 보이지 않아서 넋을 잃게 만들었다. 만약 상처를 받아 취약해져 있는 사람이 이 광경을 보았더라면 위로를 받거나, 혹은 이걸 봤으니 이제 그만 떠나야겠다고 결심하게 될 것 같아 섬뜩하기까지 했다.

"잠깐."

수현은 대뜸 내 입을 막더니 그것도 모자라 밀치듯 당겼다. 힘을 조금만 더 줬으면 머리가 바닥에 부딪칠 뻔했다. 방수 처리된 초록색 바닥은 그간에 사람들이 오가지 않았다는 걸 보여 주듯이 반질거렸다. 내가 신경질을 내려고 고개를 돌렸을 때 덜컹, 하고 옥상 문이 열렸다. 경비 아저씨였다. 우리는 자세를 최대한 낮추고 벽돌 더미 뒤에 몸을 숨겼다. 작은 틈새로 본 경비 아저씨는 수상쩍다는 듯 옥상을 휘휘 돌아보더니 금세 문을 닫고 나갔다. 너무 대충 둘러봐서 우리를 발견하지 못한 것 같았다.

"어?"

당황한 우리가 머뭇거리는 사이, 소리가 들렸다. 자물쇠를 다시 걸어 잠그는 소리.

"어? 뭐야. 뭐야. 야, 어떡해?"

내가 다리에 힘이 풀려 풀썩 주저앉자 수현이 옥상 문을 향해 달려가 문고리를 돌려 보았다.

"아 씨, 진짜 잠겼네. 저기, 저기 아저씨! 거기 아직 계시죠? 안에 사람 있어요."

아저씨는 빠른 속도로 내려간 모양이었다. 수현은 망연자실한 표정으로 나를 돌아보았다. 저 아저씨는 왜 저렇게 안일하지. 사람이 있다는 생각을 왜 못하지. 아저씨 때문에 방금 두 사람이 불행해졌어요.

"갇힌 거니, 우리?"

"같이 봤으면서 뭘 묻냐. 진짜 이런 적 처음이야."

밖에서 잠긴 문은 마스터키가 있어도 열 수 없구나. 마스터키도 별수 없네. 나는 희미하게 배가 고팠다. 오 분 전만 해도 전혀 느껴지지 않던 허기가 여기 갇혔다는 사실을 깨닫자마자 느껴졌다.

"야. 나 배고파."

"이 와중에?"

잠깐 당황한 듯했지만 수현은 언제 그랬냐는 듯 보는 사람을 덩달아 느긋해지게 만드는 원래의 걱정 없는 표정으로 돌아왔다. 수현이 고개를 절레절레 저으며 웃자 나도 웃음이 나왔다.

수현을 따라 용기를 내어 옥상 아래를 내려다보았다. 다리가 후들거렸다. 아찔한 높이였다.

"이 아파트가 24층이지. 그럼 여기가 50미터는 되려나?"

"그 정도 될 것 같은데."

나는 가방을 열고 안경을 꺼냈다. 안경을 끼면 콧대가 낮아지는 느낌이 들어 평소에는 잘 끼지 않는데 아래까지 내려다보려면 안경이 필요했다. 문득 잊고 있던 게 생각나 가방 앞주머니를 열었다. 초코바가 두 개 있었다. 섬세한 엄마. 공부하다가 당 떨어지면 먹으라고 오래전에 넣어 둔 간식들인데 그동안 당 떨어질 만큼 공부한 날이 없어 손도 대지 않은 것이었다. 나는 안경을 쓰고 초코바 하나를 수현에게 건넸다.

"나이스."

아래를 내려다봐도 아까보다는 선명하게 보일 뿐 별게 없었다. 모든 게 사소해 보였다. 단지 안에는 사람들과 차들이 부지런히 들어왔다가 빠져나갔다. 다들 적당해 보여. 마음이 울렁거리는 이유를 나 자신도 알 수 없었다.

언니가 내려다봤을 까마득한 아래. 밑으로 던지면 살 수 있을 거라고 어떻게 확신했을까. 그 아래에서 아저씨가 나를 올려다봤을 때는 어땠을까. 사소하고 작아 보였을까. 저만하면 받아 낼 수 있겠다 싶었을까.

"높은 곳에 올라오면 항상 생각하게 돼. 우리 집이 3층이었더라면, 5층 정도만이라도 됐더라면."

지금처럼 3층이었더라면 뛰어내려도 죽지는 않았을 텐

데. 팔다리에 금이 갈 정도로 다치기만 했어도 좋았을 텐데. 이런 얘기를 누구에게 하는 것은 처음이었다.

"11층은 너무 절망적인 높이지. 뛰어내려도 죽을 것 같고, 그대로 있어도 죽을 것 같고. 불이 번져 오고 있었으니까."

수현은 아무런 대꾸도 없었다.

"너 혹시 전학 왔어?"

참지 못하고 내가 물었다.

"초딩, 중딩 때는 남해에서 살았어. 외할머니네야."

약간 머쓱했지만 다행이라는 생각이 들었다. 나에 대해 아무것도 모르는 사람을 대하는 일은 이 동네에서 좀처럼 겪어 보지 못한 것이었다. 언니는 그만큼 유명했다. 아니, 우리는 그만큼 유명했다.

"그랬구나, 그래서 몰랐구나."

"알아, 네 얘기."

그런데 수현은 안다고 말했다.

"들었어. 찾아봤고, 그래서, 잘 알아."

천천히 말해서인지 몰라도 수현이 머뭇거린다는 느낌

이었다.

순간적으로 현기증이 심해져서 나도 모르게 휘청거렸다.

"왜 그래?"

"좀 어지러워서."

"이리 와. 여기 잠깐 앉아 있어."

수현은 자주 해 본 것처럼 가방 안에서 작은 담요를 꺼내 바닥에 깔았다.

"너는 언니나 오빠 있어?"

나는 먼저 말을 돌렸다. 수현에게는 동생이 있다고 했다. 남동생. 말이 안 통해서 가끔 답답하다고 했다. 동생이 없지만 그 느낌이 무엇인지 알 것 같았다. 내가 가진 어떤 것을 양보해야 하고, 우는 소리를 들어야 하고, 불필요하게 싸워야 할 때가 오는 것이 싫었다. 견디기 힘들 것 같았다. 나는 동생이 없어서 다행이라고 생각했다. 누구는 언니가 있는 애가, 누구는 오빠가 있는 애가, 누구는 여동생이 있는 애가 부럽다는 말을 했는데 나는 '같이 살아 봐라.' 하고 생각했다. 언니와 나는 나이 차이가 열한 살이나 났기 때문에 언니가 나를 업어서 키웠다고 했다. 업혔던 기억이 나는 것은 아닌데 엄마와 신아 언니가 그렇게 말했기 때문에 나는 언니에게 '고마워해야' 했다.

"너는 학원 아예 안 다녀? 다닐 계획도 없어? 인강도 안 들어?"

"응."

"왜?"

"할 일이 많아서."

지금 이러고 있으면서 할 일이 많다니. 학생한테 공부 말고 다른 할 일이 뭐가 있지. 나는 재미없게 생각했고 입 밖으로 그런 말을 함부로 내뱉지 않기로, 앞으로는 생각도 말기로 혼자 다짐했다.

"너 학종 준비해?"

"학종? 그럴까."

수현은 별 감흥 없이 대답했다. 내가 답답해질 정도로.

"내신이 안 되면 일관성 있게 그쪽으로 밀고 나가. 너 주말에 요양원도 가고 유기견 센터 청소 봉사도 간다며."

"그거 다 어떻게 알았어?"

허공을 바라보던 수현이 놀란 듯 물었다.

"나는 전 과목 다 적당하게 하는 편인데 학종 준비는 미흡하거든. 나도 봉사 활동 시간 채워야 되니까. 알지? 요즘 수시, 정시 다 대비해야 하는 거. 계속 알아봤거든."

다행히 수현은 그러려니 넘기는 것 같았다. 속으로 식은땀을 흘리면서도 스스로가 놀랄 정도로 유연하게 넘어갔다. 동아리에 대한 정보, 그러니까 정확히는 수현이 부장으로 있는 동아리에 대한 정보를 여러 아이들에게 물으며 왜인지 수현의 뒤를 캐는 것 같은 찝찝한 느낌을 나 역시 느끼고 있었다. 나는 금세 다른 이야기를 했다.

"이제 어쩔 거야?"

수현은 잠시 생각하더니 문제없다는 얼굴로 누군가에게 전화를 걸었다.

"어디야? 나 좀 데리러 와. 갇혔어. 어쩌다 그러긴. 어쩌다 이렇게 됐지. 학교 아니고 행성아파트 111동. 경비 아저씨 피해서 잘 들어와. 소란스럽게 만들지 말고."

"저기, 괜찮으면 올 때 빵 좀 사 오라고 하면 안 돼?"

나는 뻔뻔하게 말했다.

"올 때 햄버거 사 와. 불고기로."

"난 닭고기로."

"하나는 불고기, 하나는 닭고기. 응. 몇 분 걸려?"

수현은 전화를 끊었다.

"나 오줌 마려워."

"가지가지 한다."

수현이 핀잔을 줬다. 못 참을 정도는 아니었다. 이런 게 노닥거리는 걸까. 즐거웠다.

"누나, 거기 있냐?"

"빨리 문 열어. 배고파."

동생이 도착했다. 세상에서 하나뿐인 열쇠인 것처럼 말 하더니 똑같은 걸 동생도 가지고 있었다. 이 남매는 얼마 나 많은 아파트 옥상 문을 따고 다닌 걸까.

동생은 누나의 갑작스러운 심부름에도 별로 놀라거나 짜증스러운 기색이 없었다. 나를 보고 잠시 멈칫했는데, 모르는 사람이 누나와 같이 있어서 그랬는지, 누나 말고 다른 사람도 있는지 모르고 와서 당황한 건지, 아니면 나에 대한 소문이 거기까지 퍼져, 소문이 무성한 사람과 누나가 함께 있는 모습이 당황스러웠던 건지 알 수 없었다. 나만 느낀 건 아니었는지 수현이 "내 친구야. 유원. 어쩌다가 친해짐. 어쩌다 갇힘. 여긴 내 동생 정현. 내 셔틀." 하고 간단히 정리했다. 정현은 나를 향해 꾸벅 고개를 숙일 뿐 별말 없이 내게 햄버거를 건넸다.

"계좌 번호 알려 줘. 아니면 내일 수현이한테 현금으로 줄까?"

"나한테 주면 그걸로 햄버거 하나 더 사 먹어야지."

"아니요. 됐어요."

수현의 말이 끝나기도 전에 정현은 손을 내저었다. 졸지에 처음 보는 동생에게 햄버거를 얻어먹게 되었다. 정말로 배가 고팠기 때문에 우리는 허겁지겁 햄버거를 해치웠다. 정현이 자기 것도 사 왔으면 나란히 앉아서 먹어도 아무렇지 않았을 텐데 정현은 자기 것은 사 오지 않았다. 안 친한 사이에 햄버거 한 입을 권하긴 좀 그렇고, 그 대신 감자튀김이라도 먹어, 하고 정현에게 건네자 감사합니다, 하고 먹었다. 자기가 사 왔으면서 뭐가 감사하다는 건지.

잠깐 눈이 마주쳤는데 정현은 어색하게 수현 쪽으로 고개
를 돌렸다.

4

아저씨가 돈 얘기를 또 꺼낸 게 분명하다. 엄마와 아빠는 평소와 같았지만 이런 것은 직감적으로 알게 되는 것이었다. 엄마와 아빠는 열심히 살았다. 나는 그것을 옆에서 보아 왔다. 두 사람은 드물게 성실하고 삶에 최선을 다하는 사람들이다. 그런데 왜 이런 일을 겪어야 하지?

아저씨는 이혼 후 우리 집에 더 자주 찾아왔고 더 많은 돈을 빌렸다. 한때는 누군가에게 쫓기기라도 하는지 일주일 넘게 우리 집에서 머문 적도 있었다. 내막을 알리진 않았지만 그 기간 동안 한 발짝도 집 밖으로 나가지 않은 것으로 보아 큰일을 겪은 것 같았다. 엄마 아빠가 출근하고, 내가 학교에 가면 아저씨 혼자서 집을 지킨 것이었다. 그

기간 동안 나는 엄마 허락 없이 집에 들어가지 못했다.

항상 엄마 아빠랑 같이 움직여야 한다.

아빠는 당부하고 또 당부했다. 아저씨를 먼저 경계해 주는 엄마 아빠에게 고마움을 느꼈다. 엄마 아빠가 그런 면에서 허술하지 않아서. 걱정이 많아서.

아저씨는 늦은 새벽까지 거실에 앉아 축구나 농구 경기를 보았다. 화장실에 가려고 거실로 나오면 언제나 텔레비전 가까이 바짝 붙어 앉아 있는 아저씨가 있었다. 경기를 보는 아저씨는 전혀 즐거워 보이지 않았다. 늘 무언가가 마음에 들지 않는다는 듯 일그러진 표정이었다. 그렇게 가까이 앉아서 보면 눈이 나빠질 텐데. 나는 아저씨를 바라보며 그런 생각을 자주 했다.

아저씨는 여전히 종종 늦은 밤에 들이닥쳐 거실에서 잠을 자고 간다. 집에는 방이 두 칸뿐인데 아저씨를 안방이나 내 방에서 자게 하는 것도 우리 엄마 아빠로서는 용납이 안 되는 일일 것이다. 엄마와 아빠가 안방에서 거실로 내몰리는 건 나도 견딜 수 없다. 아저씨는 거실에서, 다행히 별 요구 없이 바닥에 이불을 깔고 잠을 청했다.

내가 어둠 속에서 두 눈을 뜨고 천장을 바라보고 있으면 어떻게 알았는지 엄마가 들어와서 따뜻한 손으로 내 눈을 가려 주었다. 아저씨가 술에 취해 거리를 헤매다 더듬더듬 우리 집을 찾아왔다면 그래도 조금은 아저씨를 이해할 수 있었을지 모른다. 아저씨는 술을 입에도 대지 않았다. 언제나 맨정신이라는 게, 우리를 어쩌면 진짜 가족이라 여기고 있는지도 모른다는 게 두려웠다.

그리고 아저씨가 자고 가면 나도 모르게 집 구석구석을 날카로운 눈으로 바라보게 되었다. 엄마는 아저씨가 덮고 잔 이불을 한 번, 두 번…… 꼭 두 번은 빨아서 베란다에 널었다.

아저씨는 당시에 사건이 매스컴을 타면서 엄마 아빠가 마련한 소정의 감사 위로금과, 용감한 의인을 위해 모인 이웃들의 성금을 지급받았다. 상당한 금액이었음을 짐작할 수 있었다. 재활 치료 후에는 우리 식당과 그리 멀지 않은 곳에 작은 치킨 가게를 열었다. 가게는 제대로 자리를 잡지 못했다.

어릴 때는 아빠와 함께 꽤 자주 그 가게에서 치킨을 먹었던 기억이 있다. 아빠에게 들은 바로는 치킨 가게는 열린 날보다 닫혀 있는 날이 많았고, 아저씨가 수시로 잠적하는 바람에 아줌마가 종종걸음으로 배달을 다니느라 걸려 오는 전화를 받지 못하는 일이 비일비재했다고 한다. 아무리 의인으로 이름난 사람이 운영하는 가게라 해도 치킨이 제시간에 오지 않는 걸 기다려 줄 성인(聖人)은 없었다.

아저씨는 그날, 몸 말고도 다른 곳이 망가진 것 같았다.

아저씨를 망가뜨려 놓은 것이 다른 누구도 아닌 나라는 것을 받아들이는 게 어려웠다.

내가 팔이나 다리 한쪽이 부러졌거나 머리부터 떨어져 정신이 온전치 못했다면 아저씨가 저렇게까지 할까. 나는 아저씨가 당당하지 못할 정도의, 그렇지만 내 생명에는 지장이 없을 정도의, 그 정도의 장애를 갖게 된 나를 생각해 본다. 아저씨만큼 다리를 전다면 어떨지. 아저씨는 11층에서 떨어진 나를 자기가 안전하게 받아 내고, 충격을 모두 흡수해서 내가 티끌 한 점 없이 무사한 것에 대해 강조한다. 내가 손가락을 칼에 베여서 밴드를 붙이고 있으면 엄마보다도 더 호들갑을 떨면서 말했다.

원아. 이거 왜 그랬냐. 어쩌다가 그랬냐. 그렇게 조심성이 없어 가지고 얘가……

가만히 있으면 우리가 어련히 알아서 고마워하지 않을까.

공부를 열심히 하면서도 주변에서 자랑스러워할 만한 대학은 가지 못할 거라는 생각을 하게 된다. 좋은 성적을 유지하면서도 왠지 수능을 망칠 것 같다는 불안에 시달린다. 내가 원하는 과를 아슬아슬하게 간다고 해도, 그 전공으로 먹고살지는 못할 것 같다. 아니, 그렇게 멀쩡하게 살면 안 될 것 같다……. 그렇게 무기력해지면 머리가 텅 빈 것 같은 상태가 되고 기계처럼 답을 외우고, 문제를 또 풀게 된다.

그날 이후, 이전에 나를 몰랐던 사람들조차도 기적적으로 살아남은 나를 위로하고 축복했다. 그러나 그들은 내가 웃을 때면 생전 처음 보는 풍경처럼 낯설어하고 약간 의아한 눈으로 바라보았다. 내 행복을 바랐다면서도 막상 멀쩡한 나를 볼 때면 워낙 뜻밖이라 어떻게 반응해야 할지 알 수 없다는 듯 당황했다.

지금 생각해 보면 그때 나는 누구든 거슬리게 할 만큼 시끄러웠다. 지치고 피곤한 사람의 경우에는 나를 보면서 짜증이 날 수도 있었다. 그러나 그 사건이 있고 삼 년 뒤인 아홉 살의 나이를 감안하면 내가 피우는 소란은 이해할 수 있을 정도의 장난이 아니었나. 게다가 나는 말귀를 알아듣는 아이였고, 오히려 또래보다 제자리에 오랫동안 앉아 있을 수 있는 차분한 아이였는데.

내가 미끄럼틀을 타고 내려오면서 소리를 질렀을 때였다. 놀이터에 있는 대부분의 아이들은 번갈아 가면서 그렇게 소리를 질렀다. 모래를 뿌리면서, 그네를 타면서, 미끄럼틀을 타면서, 싸우면서, 웃으면서. 애들은 별거 아닌 것에도 비명 같은 소리를 지르곤 했다. 그게 열기를 발산하는 방식이었다.

아파트 단지 내에서 자주 개를 데리고 산책하던 할아버

지였다. 인사를 하면 대답 없이 고개를 까딱, 해 주던 할아버지. 미끄럼틀에서 튀어나온 나에게 놀랐는지 개가 깨갱, 하고 나동그라졌다. 그게 귀여웠다. 나는 개에게 가까이 다가가 더 크게 깨갱, 깨갱 소리를 흉내 내며 웃었다. 개와 눈높이를 맞추려고 엎드렸다. 개가 주춤거렸다. 작은 개였다. 순간 그 할아버지가 개를 안아 들었다. 웃는 얼굴로 할아버지를 올려다본 후에 나는, 뒤로 한 발짝 물러났다.

할아버지의 노여워하는 얼굴에 겁을 먹었다.

"얘. 너 그러면 안 돼. 그러면 안 돼 너는."

나는 얼어붙었다. 순간적으로 무언가를 깨우친 것처럼.

나는 그 길로 도망쳤다. 집으로 뛰어 들어왔지만 쿵쾅거리는 심장이 잦아들지 않았다. 할아버지는 굉장히 화가 나 있었다. 그 눈빛과 목소리가 아침에도 저녁에도 밥을 먹을 때도, 잠을 잘 때도 꿈속에서도 맴돌았다. 할아버지는 그 말 외에 덧붙인 것도 없었다. 그 말 한마디가 오랫동안 나를 옭아맸다.

그 눈빛 안에, 네가 다른 애들과 똑같은 방식으로 자라려고 하면 될 것 같냐는 말이 숨어 있다고 느꼈다.

그 할아버지 때문이라기엔 뭐하지만, 어쨌거나 나는 조심성이 많은 아이로 컸다. 이를테면 뜨거운 국을 들 때, 국을 손등에 엎질렀을 때의 내가 느낄 화끈거리는 통증을 생생하게 상상한 후, 절대로 국그릇을 엎지 말아야지, 하고 다짐하는 아이가 되었다. 실수를 별로 하지 않아서 실수를 하면 엄마가 정말? 네가? 하고 묻는 아이가 되었다.

5

수현과 나는 번호를 교환한 후 나름대로 꾸준히 연락했다. 시간을 맞춰서 점심때나 하교 후에 봤다. 주로 옥상에 갔지만 이따금 노래방에 가기도 했고 어제는 수현이 옷을 같이 골라 달라고 해서 상가에 갔다. 이것저것 입어 봐도 별로 마음에 드는 게 없는지 수현은 옷 가게에서 양말 두 켤레만 사서 나왔다. 자기는 귀여운 토끼가 그려진 양말을 갖고, 나에게는 당근 모양 캐릭터가 그려진 양말을 주었다.

돌아오는 길에는 오락실 앞에 있는 사진 기계를 발견해 사진도 찍었다. 수현은 핸드폰 케이스에 친구들과 찍은 사진을 덕지덕지 붙여 놓았는데 평소에도 자주 찍는 것 같았다. 나는 처음이었다.

비공개 계정으로 수현의 SNS를 찾아보았지만 찾을 수가 없었다. 그 애 역시 나처럼 비공개 계정으로 다른 아이들의 SNS를 염탐하기만 하는지도 몰랐다. 그게 아니면 SNS를 인생의 낭비라고 여겨서 관심을 두지 않는 것일 수도. SNS를 하는 것도, 하지 않는 것도 아닌 내가 좀 비겁하게 느껴질 때가 있었다. 수현의 친구들 SNS에는 수현과 함께 찍은 셀카들이 꽤 많았다. 세진의 SNS에도 수현과 단둘이 찍은 사진이 있었다.

모두가 중요한 사람들일까?

저렇게 많은 아이들을 어떻게 '관리'하지?

수현은 나를 편하게 대해 주었다. 근데 수현에게 내가 중요한 사람인지, 중요해지고 있는 중인지는 확신이 서지 않았다. 그 애는 어느 정도로 친해야 친하다고 느끼는지 궁금했다. 나는 수현 때문에 이번 달에만 학원을 세 번 빠졌다. 물론 수현이 빠지라고 한 적은 없지만. 아무튼 나는 학원 수업과 수현의 부탁 중에서 무게를 재다가 수현을 택한 것이었다. 학원에서 전화를 받고도 내게 별다른 말을 하지 않던 엄마가 세 번째로 빠진 오늘에서야 혹시 무슨 일이 있냐고 물었다.

"좀 쉬고 싶었어. 그냥."

다행히 엄마는 더 이상 이유를 묻지 않았다.

이리저리 내키는 대로 옮겨 다니다가 우연히 정현의 SNS를 발견해 들어가 보았다. 정현이 사용하는 계정은 맞는데 정현의 얼굴이 나온 사진은 한 장도 없었다. 아침의 운동장, 하교하는 친구들의 뒷모습을 찍은 사진, 왼쪽으로 살짝 기울어진 농구 골대와 바람 빠진 축구공, 멈춘지 몇 년이 지났지만 수리하지 않고 있는 시계탑, 그리고 옥상.

다른 아이들은 사진을 보고도 그곳이 옥상인지 모르겠지만 나는 알 수 있었다. 노을을 배경으로 한 감자튀김 사진이었다. 옥상 난간에 감자튀김 박스를 올려놓고 포커스를 감자튀김에 맞춰서 찍은 이 엉뚱한 사진은 아무래도 우리가 옥상에 갇혔던 그날 찍은 것 같았다.

정현과 종종 학교에서 마주칠 때가 있었다. 정현은 늘 조금씩 쭈뼛거리는 것 같았지만 내게 오른손을 들어 보였다. 나도 오른손을 들어서 흔들었다. 정현과 함께 다니는 친구들은 정현과 비슷한 느낌을 주었다. 다들 마르고 길쭉했다. 단체로 맞추기라도 한 건지 비슷한 뿔테 안경을 쓰고 있었다. 정현이 인사를 하면 옆에서 힐끔거리다가 어깨동무를 하며 뭐야, 너 저 누나랑 어떻게 알아, 그런 말들을 다 들리게 했다. 정현이 멀어져 가며 누나 친구야, 하고 대답했다.

아이를 발견했다는 뉴스가 속보로 나오고 있었다. 가족과 함께 계곡에 갔던 아이가 잠깐 사이에 실종된 지 나흘 만이었다. 그동안 비가 많이 와서 계곡물이 불었고, 주변 산에는 산사태가 나서 수색 작업이 원활하지 못했다. 아이의 어머니는 울부짖으며 카메라 앞에서 제발 아이를 찾아 달라고 호소했다. 아이는 생각보다 계곡과 멀지 않은 산 정상 부근에서 발견되었다고 했다. '건강 상태 양호'라는 자막이 떴다. 아이가 구급차에 실려 병원으로 이송되는 모습이 실시간으로 생중계되고 있었다.

"다행이네, 다행이야. 쟤네 부모는 그동안 얼마나 속이

탔을까?"

엄마가 말했다.

기분이 어때요?

기자의 질문이었다. 사건 당일, 나는 인터뷰를 했다. 여섯 살 아이가 그 상황에서 무슨 말을 어떻게 할 수 있었을까 싶지만, 기자들이 내미는 마이크에 대고 아이는 어눌한 말투로 그 '무슨 말'을 했다. 인터넷 기사에는 검은 그을음이 얼굴에 그대로 남아 있는, 침대에 누워 낯선 사람들 사이에서 천진하게 웃는 내 얼굴이 그대로 실렸다.

불이 난 거 기억해요? 어땠어요?
뜨거웠어요. 무서웠어요.
떨어질 때는 어땠어요? 안 무서웠어요?
(머뭇거리다가 웅얼웅얼) 재밌었어요.

그 당시 나는 할머니 손에 맡겨졌고, 엄마와 아빠는

장례 준비를 하고 있었다. 입원 수속을 밟으며 할머니가 잠시 자리를 비운 사이에 일이 그렇게 된 것이었다. 엄마는 즉각 신문사에 내 사진을 내리라고 했지만 이미 내 얼굴은 '11층에서 떨어졌는데 멀쩡한 이불 아기' 혹은 '은정동 참사 유일한 생존자'라는 제목으로 캡처되어 각종 커뮤니티를 떠돌아다니고 있었다.

─ 이런 말 하면 안 되는데 애기 귀엽다.

    ↳ 사이코냐.

─ 근데 언니분 돌아가셨다니. 삼가 고인의 명복을 빕니다.

─ 저 꼬맹이 살린 의인분도 많이 다치셨대요.

    ↳ 어떻게 떨어지는 애를 받을 생각을 하셨을까?

─ 어린아이들은 무게가 낮아서 오히려 성인보다 살 확률이 높아요.

    ↳ 누가 그럼? 근거 있는 얘기임?

    ↳ 고양이도 3층에서 떨어지는 것보다 10층에서 떨어지는 게 살 확률이 높다던데. 그거랑 비슷한 건가?

    ↳ 그거랑 아무 상관 없음. 애가 고양이도 아닌데.

―불쌍해. 애기는 언니 죽은 거 모르나 보다. 저렇게 해맑게
    웃고 있네.
―나중에 죄책감 심하겠다.
―내가 엄마면 애 받아 준 아저씨한테 전 재산 준다.
    └> 뭐래… 그런 거 기대하고 애를 살렸겠니? 세상 사람들이
        다 자기 같은 줄 아나 봐.
    └> 아저씨 다리뼈가 산산조각이 났다는데 평생 책임져야지.
―아기야. 하늘이 널 도왔나 보다. 건강하게 커서 너도 꼭 다
    른 사람 돕고 살아라.
―아기를 위해서 하늘에서 천사를 보내 주셨나 봐요.

오래된 기사에 남아 있는 댓글들은 뭐랄까, 너무 해맑
다고 해야 하나. 아무 고민 없이 지껄여 놓은 글이 쓸데없
이 너무 오래 남아 있는 것 같다. 폐기해도 될 것 같은 기
사와 댓글. 사람의 생각, 흔적들.
    그들은 나를 기억할까. 그 아이가 커서 가끔씩 기사에
들어와 댓글을 읽어 본다는 걸 알까. 그래, 그게 그들에게
뭐가 중요할까. 나도 안다.

아저씨가 나를 살렸다는 사실이 내가 나를 더 좋아해도
되는 건지를 주춤하게 만들었다.

—아이 찾은 자원봉사자한테 포상 없나?

—부모가 애를 제대로 돌보지 않으니까 이 더운 여름에 천 명
　넘는 사람이 개고생하잖아.

—내 새끼도 아닌데 며칠 내내 일이 손에 잡히지 않았단다. 아
　가야 정말 다행이다. 네 목숨은 이제 너만의 것이 아니니 평
　생 봉사하는 마음으로 살길 바란다. 먼 곳에서 너의 삶을 응
　원하는 할아버지가.

십 년이 지나도 변함없는 레퍼토리. 나는 살아 줘서 다
행이다, 고맙다, 응원한다, 아이가 무사히 돌아왔으니 너
무 과한 관심은 삼가자는 식의 댓글을 쓰기도 망설여졌
다. 쓸데없는 관심이 아닐까 생각되었으니까.

"유원, 시계 보고 있는 거야? 얼른 먹어. 지각하겠다."

"엄마, 내일 어디 가?"

"아니, 왜?"

"어디 좀 가."

"왜, 엄마랑 어디 가고 싶어? 옷 사러 갈까?"

"아니, 아빠랑 엄마만. 데이트하고 와."

"아빠가 그러고 싶대? 그걸 왜 너한테 말해? 웃기는 아저씨야."

아빠와는 달리 엄마는 척하면 척하고 알아듣는 그런 센스가 부족하다.

"아니이. 그, 아빠가 가고 싶다고 한 건 아니고. 그냥 집을 좀 비워 달란 소리였어."

"응? 왜. 이유를 말해 봐."

"친구 데려오려고."

엄마는 놀란 눈치였지만 최대한 침착하게 물었다. 너한테도 친구가 있었어? 누군데? 그렇게 물어보고 싶지만 딸의 자존심을 지켜 주려는 티가 났다.

"얼마 전에 좀 친해졌는데, 아니 아직 친해진 건 아닌가. 뭐 대충 알아 가는 사이인데, 음, 이것도 말이 이상하긴 하네. 어쨌든 걔가 놀러 오고 싶다 그래서."

"아…… 알겠어, 알겠어."

엄마는 얼떨떨하게 대답하더니 집이 엉망이라며 대청
소를 해야겠다고 말했다.

*

약속대로 엄마와 아빠는 아침 일찍 서둘러 집을 나섰
다. 모처럼 쉬는 토요일인데도 두 사람 다 늦잠을 자지 않
고 무슨 계획을 억지로 만들어 집을 비운 것이었다. 엄마
는 마음이 놓이지 않는지 몇 번이나 집을 둘러보았다.

"원아, 이불 좀 개 놓지?"

"언제부터 내가 일어나서 이불을 갰다고……."

나는 투덜거리면서도 이불을 갰다. 엄마는 아무리 가까
운 사이라도 손님은 손님 대접을 해야 하는 것이라 했다.

"냉장고에 고기랑 밑반찬 많은데 그런 거 꺼내 먹기 귀
찮지? 너희들은 시켜 먹는 거 좋아하잖아. 짜장면 같은 거."

"짜장면 아니고 치킨이나 피자야."

엄마는 그러니, 하며 식탁 위에 돈을 올려 두고 가스 밸
브를 잠갔다.

"재밌게 놀아."

엄마가 제일 들떠 보였다. 그렇게 들뜰 이유가 무얼까 의아해하다가 혹시 그동안 내가 외로워 보였나, 우울해 보이기라도 했나 걱정했다.

"들어와. 뭐 마실래?"

"너 집에 친구 초대한 거 처음이지?"

"아니거든. 초등학교 때 이후로는 처음이지만."

"완전, 드라마인 줄 알았네."

나는 엉거주춤 선 채로 소파 한구석에 가방을 내려놓고, 겉옷을 벗어 소파에 척 걸쳐 놓는 수현을 보고 있었다. 수현은 아무렇지 않게 리모컨으로 텔레비전을 켰다.

"그런 거 꼭 말 안 해도 되지 않아?"

"기분 상했어?"

"상할 만한 말이긴 한데 네가 하니까 그저 그렇다."

사실이었다. 수현은 직설적으로 말하는 편이었지만 그 말에 기분이 상하지는 않는다.

"애들이 그게 내 매력이라고 했어."

"좋겠네."

"집 좋다. 나는 언제쯤 이런 아파트 살아 보지."

"할머니처럼 말하네."

"뭐라도 좀 가져와 봐."

내가 복숭아와 포도, 약과를 쟁반에 담아 내오자 텔레
비전을 보던 수현이 숨이 넘어가게 웃었다.

"와, 대접 제대로다."

"집에 먹을 게 이것밖에 없어. 뭐 시켜 먹을까?"

"난 짜장면!"

나는 멈칫했다. 내 표정을 보고 수현이 왜 그러냐는 듯
고개를 갸웃했다.

"그냥. 뭐…… 짜장면 좋지. 난 잡채밥 먹을래. 탕수육도
시키자."

수현이 환호했다.

"복숭아 몇 년 만에 먹는 것 같아. 통조림만 먹었는데."

수현은 과도로 복숭아를 먹기 좋게 깎았다. 껍질을 중
간에 끊지 않고 돌려 깎는 실력이 제법이었다. 내가 포크
로 복숭아를 찍어서 수현에게 내밀자 수현이 오냐, 하고

받아 들었다. 나는 수현의 그런 순발력이 신기했다. 아무 계산 없이 자연스럽게 흘러나오는 말들이. 친구들이 많으려면 저럴 수 있어야 하는 건가. 그렇다면 나는 앞으로도 친구가 별로 없을 것 같다.

수현은 집 구경을 하면서 거실 장 위 텔레비전 옆에 놓인 액자들을 살폈다. 나는 수현의 뒷모습을 보고 있었지만 수현의 시선이 언니 사진에 오래 머물렀다는 것을 알 수 있었다. 우리 집에 오는 사람들 대부분이 그렇다. 할머니도, 신아 언니도, 아저씨까지 언니 사진을 가끔 유심히 바라보곤 한다. 이 집에 언니가 남긴 흔적이 아무래도 너무 많다. 엄마는 다 불타 버리는 바람에 하나도 남지 않았다고 하지만, 전혀 아니었다.

언니가 지겹다.

이렇게 생각하고, 나는 딸꾹질을 했다.

"방 구경하자."

내 방에는 정말 별게 없었다. 자랑할 것이라고는 덮자마자 잠이 몰려오는 마법 같은 폭신한 극세사 이불, 정도. 수현은 많은 아이들의 방을 구경했겠지. 내 방은 평균은 될까. 그 이하일까. 다른 애들은 친구 방에서 뭘 하고 놀지. 커다란 앨범에 있는 유치원 졸업 사진 같은 걸 보면서 깔깔 웃나. 너는 이런 책을 읽고 컸구나. 우리 집에도 세계문학 전집 있어. 너도 『데미안』 읽었니, 그러면서? 아니면 새로 나온 화장품을 꺼내 놓고 세상에 똑같은 색깔의 립은 없어, 이것저것 발라 보고 SNS에 올릴 사진을 찍거나.

나도 수현의 집을, 수현의 방을 보고 싶었다. 왠지 수현의 방에는 구경할 거리가 많을 것 같았다. 책상 위에는 어릴 때 사진, 교복을 입고 친구들과 찍은 스티커 사진이 잔뜩 있고, 서랍에는 반드시 초콜릿이나 사탕이, 책상 위는 조금 어지럽지만 수현의 흔적들이 가득할 것 같았다. 캘린더에는 친구 누구의 생일, 특별한 모임 날짜들이 체크되어 있을지도 모른다.

아무 생각 없이 시간을 보낼 수 있는 보드게임이라도 하나 사 놓을걸. 그렇지만 수현이 누구랑 같이 하고 놀았어?라고 물으면, 나는 뭐라 할 말이 없을 것이다.

"야, 어떻게 이렇게 아무것도 없냐? 혼자서 뭐 하고 놀아?"

수현은 상상 이상으로 직설적이었다.

"공부해. 안 놀고 공부한다고. 이 전교 100등아. 나가."

나는 수현의 등을 떠밀어 방에서 내보냈다.

"전교 100등이면 그래도 상위권 아닌가? 좋게 봐 줘서 고맙다."

수현은 타격 따위 받지 않은 표정으로 대꾸했다.

배달이 온 뒤 나는 앞접시를 가지고 와서 수현 쪽으로 군만두를 밀었다.

"거절하지 않겠다. 자, 넌 이거 먹어."

수현은 내게 단무지를 넘겼다.

"됐어. 난 탕수육 먹을 거야."

"그러려고 군만두 준 거구나?"

드라마를 보며 떠들었다. 50부작이었는데, 수현은 십 분 만에 그 50부작 드라마의 줄거리를 간추려서 얘기해 주었다.

"재랑 재랑 이복 자매야. 자매가 똑같은 남자 좋아해. 재. 응. 재는 화장품 회사 본부장이야. 본부장은 언니 좋아 해. 언니는 자기 동생인 걸 알고 남자를 양보해 주려고 하

는데, 동생은 언니 마음도 모르고 괴롭힌다? 근데 딱 보니
까 다음 회에 비밀 밝혀지고 둘이 화해할 것 같아. 동생은
외국으로 떠날 듯."

나는 십 분 만에 50부작의 내용을 다 파악할 수 있었다.

"뻔한 내용을 왜 50화까지 챙겨 보는 거야? 그럼 최소
한 오십 시간을 저 드라마를 보면서 날렸다는 거잖아."

"다 아는 내용이고 뻔한 내용이니까 보는 거야. 치킨이
랑 짜장면도 아는 맛이니까 먹는 것처럼."

나는 수현을 이해할 수 없었고, 수현은 나를 이해하지
못했다. 별것도 아닌 걸로 아웅다웅하며 우리는 계속 채
널을 돌렸다.

"부모님은 언제 오셔?"

어느새 해가 져 하늘이 어두웠다. 수현은 이제 그만 가
봐야겠다며 자리를 털고 일어났다.

"오늘 늦게 올 거야."

내가 늦게 오라고 했거든. 여기 어디에 CCTV가 달려
있을지도 몰라. 우리가 뭐 하면서 노는지 궁금해서 어디
선가 우리를 지켜보고 있을지도 몰라. 실없는 말을 하려

다가 대충 얼버무렸다.

"아, 식당 늦게 마쳐서 그렇지?"

수현이 이제야 생각났다는 듯 말했는데 내가 언제 엄마가 식당 한다고 말한 적이 있었나. 그런 기억은 없었다.

"부모님한테 늦게 간다고 말씀드려."

"우리는 그런 거 일일이 보고 안 해. 엄마가 제일 늦게 오니까 말해도 별로 소용없고."

6

신아 언니가 아기 사진을 보냈다. 아기는 예정일보다 일주일이나 늦게 태어났다. 태어날 때부터 느긋한 아기. 서두르지 않는 아기. 신아 언니는 초조해했겠지만 나는 그게 아기의 삶에서 좋은 전조처럼 느껴졌다. 아기의 얼굴은 아직 신아 언니 쪽을 닮았는지 형부 쪽을 닮았는지 알 수 없었다. 그냥 빨갛고 작고 쪼글쪼글하기만 했다.

— 딸이 생기니까 어때?
— 마음이 아파.
— 무슨 말이야? 너무 귀여워서 마음이 아파?
— 나중에 너도 낳아 보면 알게 될걸.

─아기 이름은 정했어?

─아직. 후보가 너무 많아.

─삼칠일 지나면 놀러 갈게. 아기 너무 보고 싶어.

─다음 주에 조리원 나가니까 그때 바로 와.

─안 돼. 할머니가 출산하고 21일은 지나서 방문하는
게 예의랬어.

─ㅋㅋ그러든지.

─몸조리 잘해 언니.

신아 언니를 만나면 친구가 생겼다고 말할 것이다. 신
아 언니는 어느 누구보다 기뻐해 줄 것이다. 신아 언니는
내게 '진정한' 친구를 만들어 주려고 나랑 동갑인 자기 조
카를 동원한 적도 있었다. 그 애는 좋은 애였지만 나에 대
해서 너무 많이 알고 나온 것 같았다. 나랑 시간을 보내는
대신에 언니한테 무슨 대가를 받기로 한 게 아닐까 싶을
정도로 전적으로 내게 모든 걸 맞췄다. 불편해서 연락을
끊었는데 언니는 그 일이 내게 또 다른 상처를 준 게 아닌
지 걱정하는 듯했다.

'진정한 친구'가 없어서 외로웠던 적은 별로 없다. 학교에는 나에게 친절한 아이들이 꽤 많았고 현장 학습을 갈 때나 체육 대회 때도 적당히 어울려 다닐 애들은 늘 주변에 있었기에 충분하다고 느꼈다.

나는 바쁘게 살아왔다. 논술 대회도 나가고 백일장도 나가고 선생님이 권하는 대회는 전부 나갔다. 중학생 때는 도에서 하는 물 로켓 대회에 나가서 은상을 받았다. 하루에 1.5리터들이 페트병을 열 개씩 잘라서 로켓을 만들었다. 숙련된 조교가 총을 몇 초 만에 분리했다가 조립하듯이 나 또한 삼 분 안에 페트병을 자르고 테이프로 붙이고 물 양을 조절해서 발사대에 설치할 수 있었다. 물 로켓은 한번 발사하면 앞부분이 찌그러져 두 번은 날릴 수 없었다. 단 한 번의 기회만이 주어졌다.

중학교 때부터 월화수목금토일 내내 학원에 갔다. 엄마 아빠가 강요한 적은 단 한 번도 없었다. 그저 자기 주도 학습이 불가능한 나 같은 애는 엄격한 학원에 가야 성적이 오른다는 것을 좀 일찍 깨달은 것뿐이었다.

나는 더 나태하게 살아도 됐을 것이다.

사고가 없었다면.

나태하게 살면서도 죄책감을 덜 느꼈을 것이다. 실수를 두세 번 반복해도 초조해하지 않았을 것이다. 나는 자꾸만 무언가에 쫓긴다는 느낌이 들었다.

학원을 가는 날이 많았기 때문에 수현과는 주말 하루 정도만 만날 수 있었다.

내일 만나면 수현에게 조카가 생겼다고 얘기해야지. 아기 사진을 보여 줘야지. 나도 모르게 내일 얘기할 것들의 리스트를 정하고 있었다. 이런 게 처음이라 쑥스러웠다. 그 애의 반응이 기대됐다. 생생한 표정, 기분 나쁘지 않게 핀잔을 주는 그 애의 말투가.

수현은 이 주에 한 번은 봉사 동아리 스케줄이 잡혀 있고, 동아리 스케줄이 없는 주말에도 언제나 무슨 일정이 있었다. 꽤 멀리 나가는 외부 활동도 있는 모양이었고, 그것이 유난하게 보이기라도 할까 걱정되는지 내가 묻기 전에는 자기가 하는 일을 일일이 설명하지 않았다. 설명하지 않아도 같이 다녀 보면 수현은 좀 피곤했다. 각종 불매에 앞장섰고 SNS는 하지 않았지만 뉴스 사회면 기사에 댓글을 다는 일에 열성이었으며 특정 주제에 대해서 얘기할 때는 한 치도 물러서지 않았다. 대부분의 일에 유하게 넘어가는 수현이 가끔 우리와 전혀 상관이 없는 듯한 정치문제에 대해서 자기 의견을 늘어놓을 때, 내가 별생각 없이 "다 똑같잖아. 정치인들은."이라고 한 말에 그건 아니지, 하며 내가 모르는 정치인의 정책에 대해 이야기할 때, 그러다가 흥분하고 거칠어질 때 나는 아연해졌다. 수현의 진지함 때문에 지금은 그런 거 몰라도 되지 않느냐는 말을 함부로 할 수가 없었다. 가끔 수현은 단기 아르바이트도 나갔다. 일당을 받으면 내게 볼펜을 선물하거나 밥을 사 주었다.

내가 나로 이루어지게 된 어떤 이유들처럼, 수현도 어떤 기점이 있을까. 그게 궁금했다.

7

오늘 시위는 일인 시위라서 — 다행히도 — 두 명이 서 있지는 못한다고 했다. 이번 주말 학원에서 기말 대비 특강이 있다는 걸 똑똑히 기억하고 있었지만 "같이 가 줘. 갈 거지? 가는 거다?"라고 말하는 수현에게 안 된다고 할 수가 없었다. 봉사 동아리 애들이랑 같이 하는 거냐고 물으니 개인적으로 신청을 했다고 말했다. 릴레이 시위는 신청자가 많아 이미 이번 달까지 사람이 꽉 차 있다는데 뭐 대단한 일이라고 줄을 서서 하려 하는지 이해가 되지 않았지만 대단하다,는 말을 나도 모르게 내뱉었다. 그러자 수현이 다음에는 같이 하자고 했다. 아직 수현은 내가 봉사 동아리에 가입할 거라 믿고 있었다. 세상에는 부지런

한 사람이, 행동력이 있는 사람이 생각보다 많구나, 하는 생각을 했다. 수현도 그중 하나구나. 그리고 나는 그런 아이와 어울리고 있구나.

나는 하늘을 봤다. 어제까지는 비가 쏟아져서, 오늘 비를 맞으며 시위를 하게 되면 어떡하나 했는데 이런 날씨보다는 차라리 비를 맞는 게 나을 지경이었다. 잠깐 걷는데도 등줄기로 땀이 줄줄 흘러내리는 것이 느껴졌다. 내 얼굴에서 걱정을 읽었는지 수현이 웃으며 "야, 안 죽어." 했다.

나는 가방에서 선크림을 꺼내 수현의 손등에 짜 주었다. "얼른 골고루 발라."

수현은 팔과 다리, 얼굴에 꼼꼼히 선크림을 발랐다. 날씨가 더워서 크림도 땀으로 녹아내릴 것 같았지만 그것 말고는 해 줄 수 있는 게 없었다. 수현은 맞은편 카페에 들어가 자기를 보고 있으라 했다. 나는 카페에 들어가기 전에 수현이 발밑에 생수 한 병을 두고 카페에 들어왔다. 그제야 살 것 같았다. 나는 아이스초코와 당근케이크를 주문해서 창가 자리에 앉았다. 사람들이 힐끔거리며 수현을 보고 지나갔다. 잠깐 멈춰서 피켓을 유심히 들여다보고 수현의 어깨를 격려하듯 두드리는 사람들도 보였다. 잠시 후에는 카메라를 든 두 사람이 수현에게 마이크를 건넸다. 수현의 말을 받아 적기도 하고 사진도 찍어 갔다. 수현은 지쳐 보였다.

"착하게 살아 보겠다고."

저렇게 애를 쓰는구나. 나는 못할 거야.

나는 반 정도 읽다 만 책을 펴서 읽었다. 책 속의 아이는 겉모습이 다르다는 이유로 고통받고 있었다. 고통이 삶의 이유라도 되는 듯 불행이 난무해도 피하거나 숨을 생각을 하지 않았다. 주인공이 그렇지 뭐. 참혹한 아이의 이야기를 읽으며 달콤한 케이크를 입에 넣으니 기분이 이상했다. 질릴 정도로 다디단 아이스초코를 마시며 이따금 고개를 들어 수현을 확인하고 피아노곡에 귀를 기울이고 카운터에 에어컨 온도를 올려 달라고 말하기까지 했다.

나는 조금도 내 삶을 양보하지 못했다. 그럴 자신이 없었다.

책을 다 읽은 후 정신을 차리니 해가 뉘엿뉘엿 떨어지

고 있었다. 마침 다음 타자인 듯한 남자아이가 수현에게 피켓을 넘겨받고 있는 것이 보였다. 두 사람이 이야기를 나눌 동안 자리를 정리하고 시원한 음료를 주문했다.

"아으, 더워. 이제 좀 살겠다."

내가 건넨 딸기스무디를 쭉 빨더니 수현이 숨을 몰아쉬었다. 우리는 그늘에서 잠시 말없이 앉아 쉬었다. 나는 얇은 오답 노트를 가방에서 꺼내어 수현에게 바람을 부쳐주었다.

나는 이러려고 기다렸구나. 이 정도만 할 수 있을 것 같다.

수현은 더위를 먹은 듯 실없이 웃었다.

"유원아."

"너 얼굴 새빨갛다. 근처 건물에 들어가서 세수라도 하자."

수현은 눈을 감고 한참이나 가만히 있었다. 진이 빠진 것 같았다.

"고마워."

"빨리 일어나."

"너랑 이러고 있는 게 신기하다. 우리 얼마 전까지 잘 몰랐잖아."

"그러게."

"나는 진짜 너를 잘 몰랐다는 생각이 들어."

수현이 들릴 듯 말 듯한 목소리로 말했다.

8

　수현의 집은 지하철역에서 걸어서 이십 분쯤 걸리는 거리에 있었다. 5층으로 된 상가 건물은 상당히 낡아 보였다. 1층에는 옷 가게와 세탁소, 분식집이 있었지만 2층에는 당구장, 3층에는 피부 마사지 숍이 전부일 정도로 건물은 한산했다. 4층은 한 층이 통째로 비어 있다는 것으로 보아 상권이 좋지 않은 곳인 듯했다. 주거 공간을 염두에 두지 않고 지은 상가 건물이라 수현이 멈춰 선 문 앞에서 나는 잠시 어리둥절했다. 거실 한가운데를 차지하고 있는 빨래 건조대를 보기 전까지는 부동산 사무실 같은 느낌을 지울 수 없었다.

　"우리 엄마가 이 건물 전체 청소해. 평소에는 여기 옆

건물 곰탕집에서 일하고."

"그렇구나."

"우리 여기 이사 오기 전까지는 나랑 정현이랑 엄마랑 한방에서 잤다? 지금은 세 명 다 방 따로 써. 원래 이 자리가 독서실 있던 자리였대. 각각 스터디 룸 1실, 2실, 3실에서 자는 셈이지. 터가 좋아서 그런지 잠이 잘 와."

"그래? 악몽 꾸면 너희 집 와야겠다."

수현은 자기 방으로 나를 데려갔다. 책상과 싱글 사이즈 매트리스 하나만으로도 방이 꽉 찼지만 곳곳에 수현의 흔적들이 가득했다. 문이며 벽 사방에 친구들과 찍은 사진이 다닥다닥 붙어 있었고 아이돌 모 군의 거대한 브로마이드가 두 개나 붙어 있었다. 치킨 세트를 시키면 주는 브로마이드인데 이걸 받겠다고 배달을 시켰다고 생각하니 웃겼다. 게다가 아이돌 모 군은 최근에 사고를 쳐서 방송가에서 퇴출을 당한 터라 더욱.

"너 얘 좋아했어?"

"어, 그냥 뭐, 예전에. 요즘은 별로. 저거 떼면 벽지까지 같이 떨어지니까 붙여 놓은 거야. 오해하지 마라."

"누가 뭐래. 근데 너 말 더듬는 거 처음 본다."

내가 하하 웃자 수현이 나를 침대로 밀어 버려서 나는 침대에 엎어져서 웃었다.

책상 위에는 노트북과 만화책, 소설책들이 쌓여 있어서 도무지 책상에서 집중을 하기란 어려워 보였다. 교과서는 전부 학교 책상 밑에 두고 다니는 모양인지 단 한 권도 보이지 않았다.

"너 정말 일관성 있구나."

"잠깐 기다려 봐."

수현은 책상 서랍을 열어서 무언가를 꺼내 내게 건넸다. 물에 젖었었는지 앞표지가 쭈글쭈글하고 책등에는 곰팡이가 슬어 있는 낡은 책이었다. 나는 제목을 읽고 그것이 오래전에 발간된 문집이라는 것을 깨달았다.

"최대한 닦았는데도 완전히 깨끗해지진 않더라."

목차에 수필, 시, 소설, 기행문 부문이 있었고 참여한 1학년 학생들의 이름이 순서대로 적혀 있었다. 지역 백일장에서 입상한 작품들도 실려 있었고, 어버이날이나 호국 보훈의 달 기념으로 개최한 교내 백일장에서 입상한 작품도

여럿 있었다. 그리고 소설 부문에 낯익은 이름이 보였다.

1-5 유예정 「투명 인간」

"우리 언니라는 거 알았어?"

"응."

"어떻게?"

"그냥…… 너희 언니 유명하잖아."

수현은 말을 고르다가, 이런 걸 아는 것쯤 아무 일도 아니라는 듯 대답했다. 짧은 시간 안에 내 머릿속에서 떠오르는 의아함들을 일축시키는 것 같았다.

"정말 그게 다야?"

"그럼?"

"아니다, 나도 모르겠어."

언니의 흔적들이 생소했다.

"이게 어디서 났어?"

"학교 옥상 창고에서. 찾으려고 찾은 건 아닌데 이것저것 뒤지다 보니까 그런 게 있었어. 그건 너한테도 없을 것 같아서 챙겨 둔 거야."

　나는 소설 제목 옆에 붙어 있는 언니의 고1 출석부 사진을 보았다. 지금의 나보다 한 살 어린 언니를. 단정하고 모범적으로 보였다. 그러면서도 조금은 예민하고 신경질적인 인상이기도 했다. 어떻게 두 개의 가능성이 한 얼굴에 공존하지. 나는 언니를 처음 보는 사람처럼 한참이나 그 사진과 언니가 쓴 문장을 들여다보았다. 어느 날부터 이유 없이 몸이 투명해지기 시작한 아이에 대한 이야기였다. 투명 인간에 대한 보통의 로망이 가득했는데 복수를 하거나 갖고 싶었던 것을 상점에서 싹쓸이하는 장면이 그랬다. 그런데 자신이 존재한다는 것을 가족과 친구들에게 증명하기 위해 분투하는 장면은 분명 코믹하게 쓴 것 같은데도 다 읽고 나서는 묘하게 슬퍼지는 것이었다. 보이지 않아서 사람들과 충돌하는 일이 잦아지는 바람에 자신이 여기 있다는 표시를 하기 위해서 파란색 풍선을 손에 쥐고 다니는 장면 또한 어쩐지 처연했다.

　"이게 뭐람."

　"언니랑 친했어?"

"그랬대."

"하긴, 기억도 안 나겠다."

"나랑 언니랑 나이 차이 많이 나잖아. 그래서 언니가 나를 키우다시피 했대. 우리 언니는 학원 안 다니고도 공부 잘했대. 상도 많이 받았대. 친구들도 많았고 사고 한 번 친 적 없대. 되게 착했대."

수현은 매트리스에 걸터앉아 나를 올려다보며 대꾸 없이 듣고만 있었다.

"언니 아는 사람들은 다 그래. 언니는 뭘 해도 됐을 앤데 너무 아깝대. 그렇게 갈 사람이 아니래. 분명히 크게 됐을 거래. 나를 11층에서 던진 거 말이야. 그것도 언니가 영리하고 용감해서 그런 결정을 내릴 수 있었던 거래."

"사람이 그렇게 완벽할 수가 있나?"

"나 자랑스러우라고 더 언니를 띄우는 것 같기도 해. 근데 왜 나는 그런 말 듣는 게 싫지? 어쩌라는 거야, 나보고."

내가 언니에 대한 솔직한 마음을 누군가에게 토로하고 있다는 것이 실감 나지 않았다. 갑자기 눈에서 주르륵 눈물이 났다.

"사람들은 돌아오지 않을 사람은 다 예뻐하는 경향이 있는 거 같아. 의외로 이타적인 구석이 있어서 포장을 잘해 줘. 아, 너희 언니가 미화되었다는 건 아니고."

이 와중에도 수현은 직설적이었다.

"너보고 언니 몫까지 행복하라고 하지? 두 배로 열심히 살라고, 그런 말 안 해?"

"해."

"적당히 행복하기도 힘든데, 어떻게 두 배나 행복하게 살라는 거야."

짜증을 내다 보니까 마음이 조금 풀리는 것 같았다.

우리가 얘기하는 사이에 정현이 집에 왔고, 정현은 나를 보고 깜짝 놀랐다. 수현이 밥을 차려 줘서 저녁을 함께 먹었다. 나도 수현도 독서실에 있다 온 정현도 모두 저녁 때를 놓쳐서인지 김치찌개 하나로 밥을 두 그릇씩 먹었다. 정현은 밥이 모자랐는지 라면까지 끓여서 먹었다. 국물까지 다 마시려는 정현에게 내가 라면을 가리키며 나트륨 과다,라고 짧게 한마디 하니 정현이 잠자코 냄비를 내려놓았다.

*

　종종 수현 없이 정현과도 만났다. 별다른 걸 하는 건 아니고 학원이 끝나면 공원을 한 바퀴 돌고 정현이 나를 집까지 데려다주었다. 정현은 평일이면 거의 독서실에서 혼자 공부했다. 나는 혼자 공부하는 정현에게 작년에 내가 썼던 문제집과 오답 노트를 빌려주었다. 정현은 내 글씨체가 악필이라 잘 알아보지 못하겠다면서 노트를 찍어서 보내곤 했다. 처음 몇 번은 길게 해설을 써서 메시지로 보내 주다가 차라리 만나서 얘기하자고 했고, 나는 성실하게 문제 풀이를 도와주었다. 출출하다 싶으면 편의점에서 정현은 컵라면, 나는 도시락을 사 먹었다. 보답인지 뭔지 모르겠지만 정현은 내게 자면서 들으면 좋은 노래 플레이리스트를 보내 주었다. 듣기 평가 공부를 할 때가 아니면 이어폰을 끼지도 않았는데 나는 처음으로 노래를 듣기 위해 어플을 깔았다. 정현은 나를 불편해하는 것 같기도 하고, 그냥 부끄러움을 타는 것처럼 보이기도 하고, 미묘하게 느껴질 때가 있었다.

두 사람은 좀처럼 인정하지 않으려 했지만 내 눈에 수현과 정현은 사이좋은 남매처럼 보였다. 수현은 정현을 막 대하는 것 같으면서도 언제나 생각하고 있었다. 정현은 의젓해 보였다. 담배도 피우지 않고 상스러운 욕을 달고 살지도 않았다. 땀 냄새를 풀풀 풍기면서도 의식하지 못하는 남자애들과 달랐다.

음악을 고르는 정현은 신중해 보였다. 정현은 어딘가 어수룩하고 어눌하게 느껴지는 데가 있었다. 쭈뼛대면서 지망 학과는 연극영화과라고 했다. 나는 정현처럼 재미없고 끼가 없어 보이는 사람도 없을 거라 속으로 생각하곤 했는데 이런 사람도 연예인이 될 수 있나, 무심코 걱정이 되었다. 눈에 띄지 않는, 평범해서 옆에 있어도 없어도 그만인 것 같은 애. 나는 정현을 아무 거리낌 없이 대할 수 있었다. 그런 사람은 내 삶에 드물었다. 남자애들은 어느 순간부터 덩치가 커져서 몰려다니면 나도 모르게 흠칫하게 되는데 정현은 그런 부담스러운 활력이 느껴지지 않아서 편했다.

정현은 발매되는 거의 모든 가수들의 음악을 들어 본다

고 했다. 그러니까 음악 스트리밍 사이트에 올라오는 유명하지 않은 가수들, 인디 밴드, 메인에 걸리지도 않는 사람들의 신곡들도 모두 들어 본다고 했다. 정현이 선택하는 음악들은 일관된 분위기를 가지지도 않았고, 아주 우울하지도 죄다 시끄럽지도 않았다. 평소에는 즐겨 듣지 않는 힙합도 나왔다. 귀가 얼얼하다고 느낄 만큼 날카롭고 센 록 음악도 흘러나왔다.

나는 이어폰을 낀 채로 잠드는 날이 많아졌다. 밤새도록 정현의 플레이리스트가 반복 재생되었다.

9

이마 위로 불똥이 떨어졌다. 나는 벌떡 몸을 일으켰다. 천장에서 나를 움켜쥐려는 불길이 돋아나고 있었다. 화염 너머로 참을 수 없는 비명이 지펴지고 있었다. 비명의 주인이 누구인지 전혀 알고 싶지 않았다. 내 방에서 엄마 아빠가 잠든 방으로, 혹은 내 꿈에서 십이 년 전 나와 언니가 잠든 거실로 아무렇게나 옮겨붙는 불길을 나는 한 번도 멈춰 세우지 못했다.

아는 꿈이었다. 나만 빼고 모든 것을 재로 만들고서야 꺼지는 꿈.

10

날씨가 좋았다. 모처럼 일찍 퇴근한 엄마는 집 청소를
다 끝내고 마지막으로 접시를 전부 꺼내 닦기 시작했다.
내가 거들까 봐 걱정되는지, 소파에 좀 앉아, 앉아서 텔레
비전 보고 있어, 하고 두 번이나 당부했다. 누가 보면 언제
내가 비싼 접시를 깨기라도 한 줄 알 것이다. 옷이나 가방
에 큰 욕심이 없는 엄마가 유일하게 관심 있는 건 접시다.
엄마는 종종 아무렇지도 않게 '예전 집'에 있던 프랑스,
이탈리아, 일본 브랜드의 접시들을 얘기하고는 했다. 불에
타 모두 깨져 버렸을 것들을. 무슨 음식을 담아도 전부 먹
음직스러워 보이게 했던 접시, 귀여운 토끼와 당근이 그
려져 있어서 거기 담아 주면 내가 편식하지 않고 먹었다

는 샐러드 볼, 홍차를 우려내기 좋았다는 다기 세트. 엄마가 결혼할 때 할머니가 물려준 접시들이라고 했다. 두고두고 접시 얘기를 반복하는 엄마를 보면 엄마 삶에서 아쉬운 건 그것 하나뿐인 듯한 느낌이 들었다. 접시들이 어떻게 사라졌는지 엄마가 도무지 자각하지 못하는 것 같아 나는 그냥 듣고만 있었다.

할머니가 그랬듯이 엄마는 내가 결혼할 때 찬장에 있는 접시를 모두 다 줄 거라고 했지만 왜인지 나는 저 접시들을 미래의 내 집으로 옮길 일이 없을 것 같다. 나는 그런 것들에 애착도 없고 가지고 싶다는 생각을 한 적도 없다. 엄마는 접시 모으는 걸 정말로 좋아한다. 집에서 그것을 보는 사람은 엄마뿐인데도 가끔씩 배열을 바꾸고 흐뭇하게 바라본다.

엄마는 내가 스무 살이 됨과 동시에 육십 대가 된다. 곧 환갑이라는 말은 까마득하게만 느껴졌는데 할머니가 몇 년 전부터 엄마에게 자꾸만 '너도 내일모레면 환갑이다. 건강 챙겨.'라는 말을 진지한 표정으로 하는 걸 보고 나서부터 덩달아 초조해지고 불안해졌다.

초등학교 때는 엄마의 나이가 더 잘 느껴졌다. 체육 대회 때나 공개 수업 때, 엄마는 다른 엄마들보다 조금 더 차분해 보였다. 표정도 밝고 목소리도 컸지만 왠지 그랬다.

자식의 죽음을 견뎌 낸 부모. 어느 한 부분이 폭삭 늙어 버린 부모.

나는 소파에 앉아 과자를 먹으며 채널을 돌렸다. 영화 채널에서 「포레스트 검프」를 방영하고 있었다. 처음부터 본 적은 한 번도 없지만 결말은 세 번인가 네 번이나 본 영화였다. 제니! 제니! 포레스트가 분수대를 가로지르고 있었다.

엄마는 접시 진열을 끝내고, 그중에 가장 마음에 드는 접시 하나를 꺼내 방울토마토와 키위를 씻어 담아 왔다. 엄마는 콧노래를 흥얼거리기까지 했다.

엄마가 내 앞에 와서 앉았다. 가끔 엄마가 아무렇지도 않아 보이는 것이 두려울 때가 있다. 언니를 아는 사람 대부분이 언니에 대한 무서운 자부심이 있다는 것을 느껴 왔다. 언니가 누군가를 살리고 죽었다는 것에 대해서. 언니의 죽음은 그저 그런 죽음들과는 차원이 다르다는 것에 뿌듯함을 느낀다는 것 말이다. 그것이 다른 희생자 가족에 비해서 엄마가 일찍 안정을 찾을 수 있었던 원동력임을 알고 있다. 상대적으로 나은 위치에 있는 유가족이기 때문이었다.

나는 엄마의 하나 남은 딸이자, 언니가 선한 사람이었다는 것을 증명하는 증거품이다. 이미 끝난 언니의 삶을 연장시키며 보조하는 존재.

너무 과한 생각일까?

"과일 먹어."

"엄마, 이 영화 알아?"

"알지 그럼. 근데 어제 학원 선생님이 전화 왔었어. 몇 번째지? 네가 수업 안 듣는 건데 선생님이 더 안절부절못하시더라. 일단 걱정 마시라고, 앞으로는 잘 할 거라고 말씀드리긴 했어."

"알겠어. 걱정 마. 근데 엄마, 포레스트는 왜 뭘 해도 저렇게 다 잘돼? 포레스트가 하면 뭐든 다 성공해. 진짜 영화는 영화다."

"엄마가 포레스트를 사랑으로 키워서 그래."

"전지적 엄마 시점이네."

"정말이라니까. 너희 언니도 이 영화 좋아했었어. 몇 번이나 앉아서 같이 봤어. 초콜릿 먹을 때마다 대사 따라 하고. 인생은 초콜릿 상자와 같은 거야, 이러면서."

엄마가 대사를 따라 하며 웃음을 터뜨렸다. 포레스트 엄마의 사랑이 나오는 부분은 앞부분인 것 같았다. 항상 중반부터 영화를 봐서 포레스트 엄마가 포레스트를 어떻게 사랑했는지는 몰랐다.

나는 소파 밑에 앉은 엄마의 뒷모습을 보았다. 엄마의 어깨는 좁고, 말랐다. 엄마의 등을 조금만 힘줘서 두드리면 엄마의 몸 전체가 흔들린다. 엄마는 세게 두드리는 것이 시원하다고, 내게 좀 더 손에 힘을 주라 하지만 엄마가 앞으로 고꾸라질 것만 같아 그러지 못한다.

"엄마는 나한테 고마워해야 돼."

"맞아. 고마워."

"진짜 엄청 더 고마워하고 더 잘해 줘야 돼. 나 없었으면 어쩔 뻔했어. 얼마나 재미없었겠어. 얼마나 심심했겠어. 얼마나 날 보고 싶어 했겠어."

그렇게 말하고 나는 수현과 정현을 떠올렸다.

"그러게 말이야."

하지만 엄마가 순순히 대답하는 바람에 나는 슬퍼졌다. 엄마는 첫아이를 잃었는데 첫아이를 잃은 슬픔에 첫아이를 잃었다는 슬픔조차 까마득히 잊어버린 것 같다. 잊어버린 건 아니지? 엄마가 내 입을 막듯 방울토마토를 입에 넣어 줬다.

"과일 많이 먹어, 원아. 책상에 오래 앉아 있으면 변비 생긴다."

11

아래를 내려다본 만큼 하늘을 올려다보았다.

요새는 좀처럼 새를 볼 일이 없는 것 같았다. 지하철 근처나 공원에서 사람들의 토사물이나 과자 부스러기들을 먹는 비둘기들 빼고는. 비둘기는 어느 순간부터 새처럼 느껴지지 않았다. 새,라고 발음하면 터지듯이 번지는 시원함과 자유로움과는 거리가 멀게 느껴졌다. 나 역시 비둘기를 두려워하는 사람 중에 하나였다. 이렇게 높은 아파트까지 올라오는 새가 있을까. 있다면 우리가 오기 전 옥상을 점거했던 유일한 생물은 새가 아닐까. 바람이 불자 기침이 나왔다. 새도 요즘은 미세먼지 때문에 힘들 것 같았다. 새는 땅을 보며 날까, 하늘을 보며 날까. 하루는 땅을 보며, 하루는 하늘을 보며 날겠지.

"분필 어디서 났어?"

"창고에서."

수현은 유난히 그런 감각이 발달했다. 사람들의 시선이 닿지 않는 외진 곳을 발견하는 능력. 왜일까?

수현은 가방을 내려놓고 옥상 바닥에 큰 원을 그렸다. 수현과 있으면 모르고 싶었던 것들도 자꾸 알게 되고, 묻혀 있던 것들도 어느새 발견하게 되었다. 내 마음을 포함해서. 수현이 원 안에 딱 맞는 별 모양을 그렸다. 그렇게 해 놓으니 미확인 비행 물체가 비상 착륙하는 지점 같았다. 수현은 그 별 위에 벌러덩 누웠다.

"몇 시야?"

"8시 40분. 9시부터 시작이야."

"너는 매년 여기서 불꽃놀이 봤던 거야?"

"응, 명당이지."

매년 불꽃 축제가 있을 때마다 나는 학원에 앉아 불꽃이 터지는 소리와 사람들의 함성을 희미하게 들었다. 막바지로 치달을수록 소리가 심해지는데, 그때는 귀마개를 끼고 문제 풀이에 열중하곤 했다. 우리는 상가에서 산 전기 구이 통닭을 펼쳤다. 수현의 입맛은 종종 예측을 벗어났다. 나는 치킨을 먹을 때나 피자를 먹을 때도 손에 묻는 게 싫어서 꼭 젓가락을 사용하는데 수현은 손으로 들고 먹었다.

수현은 전교권에서 노는 세진과 봉사 활동을 하면서 친해진 얘기를 해 줬다. 김세진은 어디서나 참 김세진다웠다.

"너는, 공부는 아예 안 하는 편이야?"

왜 그렇게 열심히 살아,라는 질문 대신에 내가 한 또 다른 영양가 없는 질문이었다.

"아예 안 하냐고 묻는 건 좀 그렇다. 이게 다 공부야. 학교 공부만 공부냐."

물론 그건 알고 있었다.

"근데 담임 샘은 날 믿는대. 이번에 국영수 666 찍었는데. 악마의 숫자."

666이라니. 다 6등급? 나는 간신히 놀란 티를 숨겼다. 보통 수학을 못하면 국어 점수가 좋거나 영어를 못하면 수학 점수가 좋거나 그렇지 않나. 어떻게 그렇게 골고루 일관성 있게 못 보지. 그런 점수 받고도 웃음이 나오는구나. 그러나 점수와는 별개로 나도 수현이 걱정되거나 하지는 않았다. 대학에 떨어진다고 주눅 들 만한 아이는 아닌 것 같았으니까.

수현은 치킨을 먹다가 날개를 내게 주었다.

"자, 너 날개 좋아하잖아."

"어떻게 알았어? 내가 말한 적 있나?"

"다 아는 수가 있지. 목 부위는 징그럽다고 안 먹잖아."

나는 치킨을 내려놨다.

"너는 이상한 게 진짜 한두 가지가 아니야."

웃으면서 말한 뒤에야 수현의 표정에서 묘한 착잡함을 읽었다. 그 순간, 나는 수현이 내가 상상하지 못할 이야기를 할 거라는 걸 직감했다. 짚이는 게 없어서 섬뜩하고 모든 감각 기관이 예민해지는 기분이었다.

"지금부터 비밀 얘기해. 시시한 것부터 시작해서 조금씩 수위를 올려. 점점 꺼내 놓기 힘든 이야기를 하고 양심적으로 이것보다 더 큰 비밀을 못 내놓겠다, 싶을 때 항복을 외쳐. 그럼 그 사람이 지는 거야. 피자 사면 되는 거고."

"치킨 먹으면서 무슨 피자야. 그리고 이것도 내가 산 거잖아."

"네가 사 준다며."

"아무튼 보통 이런 거 시작하자고 하는 사람이 할 말이 많은 거던데. 진실 게임 같은 것도 자기가 꼭 듣고 싶은 말이 있거나 하고 싶은 말이 있을 때 적극적으로 누군가가 하자고 하잖아."

"시작해."

나는 그러려니, 하고 수현의 말을 들었다. 그리고 우리는 마음속의 진실을 쏟아 냈다.

그러니까 내가 수현에 대해 새로 알게 된 사실은 1. 수현이 사실 치킨보다 햄버거를 더 좋아한다는 것, 2. 아이돌 모 그룹 모 군의 덕질을 아직 청산하지 못했다는 것이었다. 수현의 방 벽에 걸려 있던 그분, 모 군이 사회에 물의를 일으켰다는 걸 알고 나서도 마음이 정리되지 않아 본인도 심란하다고 했다.

나는 초등학교 때 디즈니 영화 속 캐릭터가 입는 옷을 사려고 엄마 지갑에서 돈을 훔쳤던 일, 엄마 아빠가 내 성적에 대해 과대평가를 할 때마다 바로잡지 않고 내버려 두는 것에 대해 말했다. 이상하게 내뱉고 나니 시시한 것뿐이었다. 우리는 남은 비밀들을 골라야 했다. 떠오르는 비밀 중에서는 정말 만만한 것이 없었다. 그러자 남은 것이,

나는 나를 살린 우리 언니가 싫어.
나는 나를 구해 준 아저씨를 증오해.

갑자기 바람이 세게 불어 치킨 뼈를 담은 봉지가 날아갔다. 날개 뼈와 목뼈가 날아가는 것이 웃겨서 나는 웃음을 터뜨렸다. 닭이 날아가네. 그와 동시에 하늘에서 불꽃이 터지기 시작했다.

"어? 시작했다!"

꽤 먼 곳에서 터지는 불꽃들이었지만 시야를 가리는 건물이 없어 빨갛고 푸르고 노란 불꽃들이 선명하게 보였다. 불꽃은 하트 모양으로도 피어났다가 미키마우스 모양으로도 피어났다. 학원에 있을 때는 그저 시끄럽기만 했는데 소란의 가까운 곳에 들어오니 심장이 쿵쾅거렸다.

"유원! 나 누구 닮은 것 같지 않아?"

"뭐라고? 안 들려! 우와 저것 봐! 진짜 화려하다."

"나 말이야! 나 보면 생각나는 사람 없냐고!"

"야, 질문하는 거 내 차롄데. 누구? 연예인?"

"아니. 잘 기억해 봐."

수현이 하늘에 정신이 팔려 있는 나를 돌려세워서 자기 얼굴을 보게 만들었다. 진지한 목소리로 말하는 바람에 갑자기 무서웠다. 그냥 갑자기 무서워지는 것이었다. 닭뼈가 바람에 날아간 것도 무섭고 학원을 이틀째 빠진 것도 무섭고 안 지 얼마 안 된 애와 별의별 비밀들을 경계심 없이 주고받은 것도 무섭고, 쉴 새 없이 터지는 불꽃들도 불길하게 느껴졌다.

"우리 같이 치킨도 먹었잖아! 내가 화장실도 같이 가 줬잖아. 화장실 불빛이 파란색이라 무섭다고 해서 내가 밖에서 노래 부르면서 기다려 줬잖아. 기억 안 나?"

정말 기억이 안 났다.

"우리, 아는 사이였어?"

내 기억은 파편적이다. 아무리 더듬어 봐도 수현 같은

애를 기억하지 못한다는 건 나의 기억 체계 자체를 의심하게 했다.

"아는 사이였다고 하긴 좀 뭐하지? 그날 처음 보고 그게 마지막이었으니까."

수현이 나를 시험하는 것 같았다. 운을 뗄 때는 장난 같았는데 수현의 얼굴에 더 이상 웃음기는 보이지 않았다. '이쯤 되면 기억해야 하는 거 아냐? 어떻게든 난장판이 된 머릿속에서 건져 내.' 그렇게 나를 몰아붙이는 것 같았다.

"어디서 봤는데?"

"치킨 가게!"

"그게…… 몇 살 땐데? 초등학생 때?"

"여덟 살인가, 아홉 살인가 그쯤?"

지금까지와는 차원이 다를 정도로 큰 불꽃이 펑! 하고 터졌다. 불꽃에서 파생된 또 다른 불꽃들이 넓은 하늘을 수놓았다. 그러나 금세 불꽃이 꺼지고 빛이 있던 자리에는 연기만이 자욱했다.

"어떡하지? 정말 기억이 안 나."

여덟 살 때 기억을 그렇게 또렷하게 기억하는 게 더 신기한 일 아닌가.

"나는 한눈에 알아봤는데. 아빠가 네 얘기를 많이 해서
그런가. 익숙했어, 보자마자."

"아빠?"

수현의 웃음이 애매했다.

"애매하게 말하지 말고 제대로 말해."

*

나는 수현에게 먼저 가겠다고 말한 후 가방을 챙겨 일
어섰다.

"더 먹고 가지?"

수현은 잘도 그렇게 말했다.

"잠깐만."

수현은 주머니에서 열쇠를 꺼내 내게 건넸다.

"정현이 거야. 내가 뺏었어."

나는 그것을 받아 들고, 나중에 연락하겠다고 말한 후
자리를 피했다. 일단은 그렇게 해야 할 것 같았다. 이게 어

떻게 된 일인지, 내가 무슨 말을 들은 건지 곱씹느라 정신이 없었다.

나를 속인 수현이 음흉하게 느껴졌다. 태연하게 나를 모른 체했던 걸 생각하면 거북하고 마음이 쓰렸다. 그 아버지에 그 딸이라는 생각이…… 들었다가 수현에게 미안했고 내가 혐오스러워졌다.

왜 지금껏 아저씨의 가족에게는 일말의 관심도 없었는지 나조차도 의아했다. 마음을 차분하게 가라앉히고 생각해 보면 순간순간 수현이 나에게 털어놓으려고 기회를 엿보고 있었다는 걸 알 수 있었다. 내 이름을 부른 뒤에 그냥 씩 웃었을 때. 전화를 걸어서 말없이 시간을 끌었을 때. 한참 동안 머뭇거리다가 간신히 고맙다고 말했을 때.

그리고 나를 처음 만났을 때. 옥상 문 앞에서 마주쳤을 때 그 애는 잠시 망설이다 나를 옥상으로 초대했고, 함께 아래를 내려다보며 말했다. 그 애는 신기하다고 했다. 웃기다고, 재밌다고. 그 웃음의 의미를 이제야 알 것 같았다.

나는 엘리베이터를 타지 않고 계단으로 내려왔다. 24층을 계단으로 내려온 건 태어나서 처음 하는 경험이었다.

부지런히 내려오면서 계단의 수를 세었다. 중간중간에 사람을 마주쳤다. 전부 계단참에서 담배를 피우는 아저씨들이었다. 아저씨들이 없는 계단참에도 작은 깡통에 꽁초가 수북이 쌓인 곳이 많았다. 희미한 담배 냄새를 맡으며 계속 생각을 하려고 했다.

혹시 수현이 옥상에 나를 데리고 다닌 건 기억하게 하기 위함인가? 수현의 입장에서는 충분히 그럴 수 있었다. 나만 다 잊고 편안히 지내는 건 불공평하니까. 나는 어쩌면 고소공포증을 느끼기에 타당한 사람. 마땅히 죄책감을 느껴야 하는 사람. 아저씨 뒤에 어떤 사람들이 있었는지 살펴야 했던 사람.

14층까지 내려온 후 진실 게임은 누가 이긴 건지 궁금해졌다. 진실 게임의 룰이 어떻게 되더라? 더할 진실이 없는 사람이 지는 건가. 더 이상 진실을 말할 용기가 없는 사람이 지는 건가. 나는 둘 다 아니었다. 나는 수현에게 더한 비밀을 말할 생각이었다. 그런데 그 비밀을 세상에서 딱한 사람에게만 숨겨야 한다면 그 사람이 바로 수현이 아닐지. 오늘 내게 엄청난 행운이 따른 게 아닌지.

아파트 현관까지 내려오니 불꽃놀이는 끝나 있었다. 불어온 바람에 화약 냄새가 스며 있었다.

숨이 막혔다.

높은 곳에 서려면

1

언니가 불길 속에서 견뎠을 공포에 대해 생각하게 된다. 예정 언니가 어느 순간까지 의식이 있었는지가 내게는 중요하다. 사망 원인은 질식사였다. 언니는 사다리를 타고 올라간 소방관의 손에 구출되었다가 병원으로 이송되는 도중에 죽었다. 언니는 죽어 가는 순간에 내가 무사하다는 걸 알고 있었을까. 119 대원이 그런 친절을 언니에게 베풀었을까.

언니가 알았더라면 좋았을 것이다. 언니의 결단으로 나를 살렸다는 것을. 그렇다면 조금 덜 괴로워하지 않았을까? 언니가 정신을 잃지 않았다면 말이다.

화재 사고로 인한 죽음은 황당한, 허망한 죽음이라는 말을 종종 들었다. 말을 가려 하지 못하는 사람들은 애써 언론이 만들어 놓은 언니의 숭고한 죽음을 개죽음이라고 말했다. 그렇지 않은 죽음은 또 어디 있을까. 윗집 노인이 붙인 담뱃불이 아니라 어떤 의미 있는 불씨였다면 죽음도 달라졌을까? 누군가의 생일을 축하하려 붙였던 생일 초거나, 아기 젖병을 삶다가 붙은 불이거나 정권에 대항하는 횃불이었으면 언니의 죽음이 개죽음이 아닌 것이 되나?

나를 사랑하면서 어떻게 나를 11층 아래로 떨어뜨렸을까. 살리기 위해서? 살 수 없을지도 모르는데? 불에 타서 죽는 것보다는 추락사를 감수하고서라도 어떻게든 해 보려고 한 거였을까. 언니를 이해하는 것은 역부족이다.

'떨어뜨리다'는 왠지 실수로 한 것 같은 느낌이고, '던지다'는 뭔가 공격적이고 폭력적인 느낌이다. 언니는 나를 어떻게 한 거야?

사실은 잘 모르겠다. 언니에 대한 기억이 내 어딘가에서 발굴되는 것인지, 혹은 발명되는 것인지를.

거울 속에서 회색 재가 흩날렸다. 나는 열기에 얼굴이

녹는 것 같았다. 내 그림자가 진득한 시럽처럼 녹아 흘러 내렸다. 언니는 받아 줄 사람이 없어. 나는 울고 있었다.

언니에게는 언니를 난간에서 떠밀어 줄 사람이 없었다는 것이 안타까웠다. 언니에게 몸을 던질 만한 용기가 없었다는 것. 나는? 나는 검은 새가 되어 언니를 보고 있다. 11층에서 뿜어져 나오는 매캐한 연기를 피해 이리저리 날갯짓하며 언니를 부른다. 언니! 여기야 여기. 내가 받아 줄게. 나는 날개를 최대한 펼쳐 보지만 내 등은 턱없이 좁다. 틀렸어,라고 내가 현실을 자각할 때쯤 언니가 뛰어내린다.

쿵, 나는 고통과 함께 잠에서 깼다. 포악한 잠이 나를 바닥으로 밀어 버린 것이다. 오른팔이 내 몸에 깔려서 욱신거렸다. 떨어진 소리가 꽤 컸는지 엄마가 문을 열고 들어와 불을 켰다.

"원아, 괜찮아?"

"응."

"얼마나 몸부림을 쳤기에 떨어져."

엄마는 나를 침대에 눕힌 후 내가 만지고 있던 팔을 꽉 꽉 주물러 주었다. 이불을 목까지 덮어 준 뒤 머리를 귀 뒤로 넘겨 주었다.

"엄마랑 같이 잘까?"

"아니, 나가 이제. 잘 거야."

나는 단칼에 거절하고 벽을 향해 돌아누웠다. 엄마가 불을 껐다. 방이 어두워지자 나는 엄마를 불러 세웠다.

"엄마, 아저씨한테 딸이 있었나?"

엄마는 기억을 더듬는 듯 잠깐 머뭇거렸다.

"아마…… 딸이랑 아들이 있지? 갑자기 그건 왜."

"엄마는 걔들 생각나?"

"어릴 때 얼굴 몇 번 봤어. 애들이 낯을 많이 가려서 얘기는 못 했고. 부인이랑 애들은 처가에 내려갔다고 한 것 같은데. 바닷가 쪽이라 그랬던가."

"남해?"

엄마가 침대에 걸터앉았다.

"몰라, 기억 안 나. 그런데 왜? 아저씨가 뭐라고 하셨어?"

"나 아저씨 딸 봤어."

어둠 속에서도 엄마의 눈이 커지는 게 보였다. 엄마의

얼굴에 화색이 도는 듯했다.

"어디서? 집을 합쳤나?"

"아니야. 걔, 우리 학교 다녀. 동생도."

"세상에, 그렇구나. 너랑 동갑으로 알고 있는데."

"맞아."

"집에 한번 데리고 와, 원아. 엄마가 맛있는 거 해 줄게."

"왔었어."

"왔었어? 언제?"

엄마는 흥분한 것 같았다.

"그랬어? 왜 엄마한테 얘기 안 했어."

나는 대답하지 못했다. 나도 이제야 알게 됐는걸.

"그랬구나…… 친하게 지내, 원아."

"뭐 하러?"

나는 다시 엄마를 등진 채 벽을 보고 누웠다.

"걔랑 내가 뭐 하러 친하게 지내. 내가 걔한테 왜 잘해
줘야 돼. 아저씨 딸이라서? 아저씨가 나를 살려 줘서? 나
도 걔한테 돈 빌려주고 그럴까?"

엄마는 아무 말 없이 가만히 있었다. 엄마의 숨소리가

들렸다. 엄마는 왜 나에게 화를 내지 않을까? 방금 한 말은 정말 생각 없이 내뱉은 말이었다. 너무 버릇이 없었는데. 다른 사람들 앞에서 잘 참아 왔던 화가 왜 아무 잘못도 없는 엄마에게 터진 걸까. 비겁하다.

엄마는 내 머리를 쓰다듬어 주었다. 엄마가 나간 후에 나는 한참 동안 깨어 있었다. 거실 불이 꺼지는 소리가 들렸고 문틈으로 새어 들어오던 연약한 빛까지 전부 사라졌다. 완전한 암흑이었다.

언제부턴가 불안하면 몸을 더듬더듬 만졌다. 초등학교 저학년 때부터였을까. 처음에는 확인을 하는 과정이었다. 멍이 잘 드는 체질이라 멍이 들지는 않았는지, 흉터가 생기지는 않았는지 또래보다 민감하게 반응했다. 겨드랑이, 팔뚝. 나는 유난히 목이 가늘다는 말을 많이 들었는데 그즈음 같은 반에 '한 손으로도 쥐어지겠다.' 하며 두 손으로 목을 움켜쥔 남자애가 있었다. 악력이 세지는 않았지만 목을 조르는 시늉을 하며 웃던 그 남자애 때문에 나는 목 부분을 손으로 가리는 버릇이 생겼다.

4학년 즈음 가슴에 몽우리가 잡히는 것도 민감하게 알

아챘다.

"엄마, 가슴이 딱딱해. 만지면 아파."

호들갑을 떨며 말했던 것 같은데 엄마는 약간 어색해하면서도 내색하지 않으려 웃으며 같이 브래지어를 고르러 가자고 말했다. 나는 내 마음보다 몸에 대해서 잘 안다고 생각했다.

비로소 온전해진 기분이 들었다. 언니, 미안해. 언니, 고마워. 중얼거리다가 잠들었다.

2

교실은 매우 어수선하고 시끌벅적했다. 모두에게 떠들 친구가 있었다. 소용없는 이야기를 들어 줄 귀가 있었다. 복도가 말도 안 되게 길었다. 계단을 올라서 5반을 지나치고, 4반을 지나치고, 화장실을 지나쳐서 3반까지 올 동안 너무 많은 아이들이 스쳐 지나갔다. 인사할 친구가 없었다. 나는 교문에서 반까지 오는데 이백오십 걸음을 걸어야 한다는 사실을 알게 되었다. 복도는 직선으로 되어 있는데 멀고 먼 길을 겨우 돌아온 것 같았다.

나는 다시 혼자인 기분이었다. 내가 반 밖으로 나가지 않으니 수현을 만날 일은 좀처럼 없었다. 옥상에도 가지 않았다. 차라리 빨리 급식을 먹고 적당히 시간을 보내는 편이 나왔다.

"유원, 시험 잘 봤어?"

앞자리에 앉은 아이가 뒤돌아 내게 물었다. 기말을 무슨 정신으로 본 건지 몰랐다. 노력했다. 그간 학원을 빠진 걸 만회하느라 주말에도 하루 종일 학원에 있었다. 선생님의 언짢은 표정을 견뎠다.

"왜?"

네가 그걸 왜 물어? 내가 시험을 잘 봤으면 어떻고 못 봤으면 어떤데? 내가 잘 봤다고 말하면 너는 어떤 대답을 할까. 부럽다고 할까. 그냥 부럽기만 하고 기분은 나쁘지 않을까? 내가 못 봤다고 하면 너도 못 봤다고 맞장구를 치겠지만 과연 네가 못 본 만큼 내가 못 봤을까? 그럴 리 없잖아. 내가 아무리 못 봐도 너 정도로는. 갑자기 어디가 어떻게 되지 않고서는 너와 비슷한 점수를 맞을 리가 없잖아. 너는 말을 옮기지 않을까? 유원은 시험 못 봤다던데, 라는 한마디면 그 한마디로 인해 몇 명이 내게 반감을 가지게 될까.

"담임이 답 잘못 나온 거 있대. 확인했어?"

"어…… 뭔데?"

"한국사 11번 문제. 답이 2번이라고 나왔는데 오류가 있다면서 5번도 맞는 답으로 인정해 준대. 나 5번 찍었는데! 대박이지? 나 이번에 한국사 4등급 나올 것 같아. 공부도 별로 못했는데."

"그래?"

"너는 몇 번 했어?"

"나는 2번."

"와! 우리 둘 다 맞았네."

나는 시험지를 황급히 구겨 가방 안에 넣었다.

"그러네. 선생님한테 나 보건실 갔다고 말해 줄 수 있어?"

"너 또 머리 아파? 같이 가 줄까?"

"괜찮아."

고등학생이 되어서야 엄마는 혼자가 편하다는 내 말을 조금 믿어 주는 것 같았다. 중학교 때까지만 해도 걱정스러운 눈빛을 감출 줄 몰랐다. 내가 우리 반에서 따돌림을 받는 줄 알고 3학년 전체에 간식도 두 번이나 쐈다. 1차는 햄버거였고 2차는 피자였다. 3차로 치킨을 준비하려는 걸 간신히 말렸다. 요즘 애들은 먹는 걸로 안 넘어온다는 걸 엄마는 왜 모를까? 유치원생도 아니고. 먹을 때는 진심으로 감사한 마음으로 먹지만 다 먹고 나면 누가 보내 준 건지 금세 잊어버린다. 나 또한 그랬기 때문이다. 나는 편리하게 친구들을 사귀었다. 일 년이 지나면 아쉬움 없이 멀어졌다.

보건실로 내려가는 길에 정현을 만났다. 정현은 이전과 다르지 않아 보였다. 전처럼 나에게 오른손을 들어 인사했다. 정현 역시 알고도 아무런 언급을 하지 않았지. 남매가 멀리서 나를 두고 관찰한 걸까. 이따금 복도나 급식실에서 스쳐 지나갈 때마다 쟤구나, 잘 살고 있네, 멀쩡하네, 해맑네, 생각보다는 평범하네, 그런 식으로 생각했을까. 남매가 나를 볼 때의 기분이 어땠을지 나는 상상이 안 됐다.

정현이 먼저 인사를 건넨 것이 나는 반갑고 고마워서 오늘 처음으로 웃었다. 정현과 대화를 나누고 싶었다. 정현과 닮은 정현의 친구들이 또 어디선가 우르르 나타나 그 애를 데려가지만 않았어도 '그동안 어떻게 살았어? 아버지는 만나니? 너희 아버지를 만나고 싶으면 우리 집으로 오는 게 빠를지도 몰라. 우리 엄마가 너희들이랑 잘 지내래. 내가 어떻게 하면 될까?' 주절주절 떠들었을지도 모른다.

나는 침대에 누워 수현의 친구들 SNS를 염탐했다. 멈추고 싶었지만 궁금했다. 수현이 어떤 표정으로 살고 있는지, 수현도 나처럼 허전할지. 나를 의식하고 있을지.

수현이 꽃을 머리에 꽂고 친구와 아이스크림을 먹고 있는 사진이 올라와 있었다. 보란 듯이 웃고 있었다.

#급식_두번_받아먹고_후식까지 #신수현 #오늘도_화창

3

선생님들은 평범하게 자라 준 내 모습을 보며 마치 나의 오랜 후견인이라도 된 것처럼 흐뭇한 눈으로 바라보곤 했다. 그 시선에 목덜미에 열이 오르는 것 같았다. 개를 산책시키던 할아버지처럼 사나운 사람들은 살면서 별로 만나 보질 못했다. 대부분 나를 좀 더 배려하려 했고 그 유난한 시선에 익숙해진 것도 사실이었다.

기왕 그렇게 나를 보기로 마음먹었으면 일관성이라도 유지해 주면 좋을 텐데. 이미 내 성적을 알고 있는 선생님들이 대학 얘기만 나오면 나를 예민하게 대했다. 격려하는 것인지, 협박하는 것인지, 굳게 믿고 있는 것인지 알 수 없는 태도로. 그러면서 학생들을 다독이고, 바른길로 인도

하는 자기 역할이 마음에 든다는 얼굴을 했다. 그런 얼굴
은 수업 시간에는 좀처럼 볼 수 없는 것이었다.

진로 희망   1학년(간호사)   2학년(선생님)

초등학교 때는 진로 희망을 언제나 의사라고 적어 냈
다. 부끄러운 줄도 모르고.

"유원아, 교대 가기에는 아직 부족한 거 너도 알고 있
지? 이번 기말이……."
"네, 알아요."
"성적이 고르긴 하지만 학종이 열 장이 안 되네. 더 준
비하는 게 좋지 않을까? 유원이가 지금보다 부지런해지
면 임원도 가능할 것 같은데. 3학년에는 회장 한번 도전해
보는 게 어때?"
김세진 같은 애를 밀어내라는 말씀이세요? 아니, 세진
은 3학년 때 전교 회장이 될 거니까 상관이 없을 것이다.
나는 지금껏 학급 회장을 맡아본 적이 한 번도 없었다. 나

같은 애가 학급 회장이 되는 건 그 반 애들한테 재앙이 아닌지.

"생각해 볼게요. 더 부지런해질게요."

"응, 어려운 점 있으면 찾아와. 선생님이 어떻게든 도울게."

선생님은 만족한 듯한 얼굴로 나를 격려했다. 할 수 있을 거라고 믿는다며, 지금까지 한 것처럼만, 아니 조금만 더 부지런해지자며.

4

아저씨가 찾아왔다.

아저씨는 요즘도 진통제를 먹어야 잠을 잘 수 있다고 한다. 유난히 통증이 견디기 힘들 때는 한의원에 가서 침을 맞는데, 바늘이 살을 뚫고 들어와도 다리에 감각이 안 느껴진다는 게 참 신기하다고 했다. 그런 말을 하면서 웃는 저의가 궁금했다. 엄마는 내게 일찍 들어가서 자라고 했다. 초등학교 때도 10시에 잠드는 일은 없었는데. 언제까지 이런 식으로 엄마의 보호를 받아야 할까.

"아, 원아 잠깐만 앉아 봐라. 며칠 전에 전화를 받았거든. 방송국 PD라고 하더라."

"PD요?"

불길한 예감이 들었다. 나도 아는 프로였다. 화요일 밤 12시에 하는 교양 다큐멘터리였다. 한때 유명세를 탔던 사람들의 현재 삶을 추적하는 내용이었다. 영화배우였거나 오디션에서 1등을 했지만 모종의 이유로 활동은 오래 하지 못했던 사람, 〈세상에 이런 일이〉나 달인처럼 잠시간 포털 사이트를 장악했던 사람들이 현재는 어떻게 살고 있는지를 보여 주는 방송이었다.

"내가 어떻게 살고 있는지 보고 싶다대. 어떻게 살기는, 잘 살고 있지요, 그랬지."

심장이 뛰었다. 아파트 옥상에 올라온 것처럼, 속이 울렁거렸다.

"이불 아기랑도 연락하시나요, 물으시대. 네, 잘 지내고 있습니다, 예쁘게 컸습니다, 잘 컸습니다, 그랬다. 국민들이 우리를 많이 응원했잖아. 잘 살고 있는 모습을 한번 방송으로 보여 주는 게 도리가 아닌가, 아저씨는 그렇게 생각한다."

"하겠다고 그러셨어요?"

"일단은 조금 기다려 보라고 했다. 아저씨랑 텔레비전

에 나오면 좋지 않겠냐."

나는 잠시 말을 잃고 멍하니 앉아 있었다. 내가 입을 다물고 있을수록 아저씨는 자기 편할 대로 생각할 거라는 걸 알면서도 반박할 말을 찾기가 어려웠다.

"저는 좀……."

"부끄러움이 많더라 너는. 원아, 언제나 사람들 앞에서 당당해져야 돼. 그래야 대접받고 살 수 있다. 배포가 있어야 돼."

"좋은 일이기는 한데요 형님, 어쩌죠. 원이가 요즘 많이 바빠요. 곧 고3 되잖아요. 학원에서 주말에도 12시까지 수업 듣고 그러더라고요."

"맞아요. 사람들이 갑자기 관심 가지면 애 공부에 방해될 수도 있으니까."

엄마 아빠는 공부를 이유로 완곡하게 거절했다. 다른 변명을 생각할 겨를도 없었겠지만 그런 식으로 거절하면 단순히 시기가 문제인 것으로, 대학에 간 후에 출연을 하는 게 어떻겠냐는 말로 아저씨가 알아들을 것 같아 불안했다.

"물론 그렇긴 하지만 그냥 일상을 담는 거니까. 너무 그렇게 부담 가질 거 없어. 촌스럽게 포장하려고 안 해도 되고. 솔직함. 사람 냄새. 그게 중요하다 그러더라고."

처음 만나는 사람이라면 아저씨가 행색은 저래도 유쾌하고 경쾌하며 순수한 사람이라고 생각할 수는 있을 것이다. 착각하게 할 정도로 아저씨는 언제나 확신에 찬 목소리로 미래를 얘기하니까. 주눅 들어 있지 않으니까.

"사실 구상하고 있는 사업에 도움이 될 것 같기도 하고. 일단 방송에 나오면 사람들이 신뢰를 갖잖아. 당연히 그게 목적은 아니고 원이가 이렇게 예쁘게 자란 거 자랑도 하고 싶고. 아저씨는 그렇다. 유원이 생각은 어떠냐?"

시간이 너무 늦었으니 천천히 다시 얘기해 보자는 말로 아빠는 애써 자리를 정리했다.

나는 언제까지 아저씨에게 쩔쩔매며 감사해야 하지? 감사를 그만두는 순간 내가 사라져 버리기라도 한다는 듯이 엄마 아빠는 필사적으로 아저씨의 비위를 맞췄다. 아저씨의 요구에 순응하는 건 아직 소망이 남아 있어서일까. 소망이란 나일까? 엄마 아빠가 부당함을 자각하면서

도 이 정도는 견딜 만하다고 여기는 것이 내게는 불행이
다. 일곱 번이 아니라 일흔 번씩 일곱 번이라도 용서하라
는 성경의 말씀을 실천하려는 것일지도 모른다. 나라는
존재 자체가 더 큰 빚일 테니.

아저씨가 다녀간 후에 엄마는 유난히 내 눈치를 본다.
미안한 듯 어색한 웃음을 지으며 먹고 싶은 게 없냐고 넌
지시 떠본다. 아빠가 야식을 자주 먹는 것은 좋지 않다며
나를 말렸지만 생각나는 대로 말했다. 내가 먹고 싶은 만
큼 먹고 자고 싶은 만큼 자면 아저씨가 다녀간 일이 무마
된다고 엄마가 믿는 것 같아서였다.

정말 그렇게 믿는다면 다행일 것이다. 엄마가 생각하는
것보다 내가 더 단순한 인간이었으면. 우리 모두 다 그랬
다면 말이다.

3인 가족이 먹기에는 터무니없이 많은 양이라는 걸 알
지만 치킨, 피자, 탕수육을 시켜 달라고 했다. 욕심을 부렸
다. 엄마는 내가 정신없이 먹으며 예능 프로를 보고 웃는
모습을 뒤에서 물끄러미 바라봤다. 그 순간만은 눈이 뒤
통수에 달려 있는 것처럼 빤히 엄마의 표정과 감정을 읽

을 수 있었다. 엄마는 조금 안심하고 많이 안쓰러워했다. 나는 모른 척할 수 있었다. 얼마든지 그럴 수 있다고 생각하며 먹고, 웃었다. 웃으면서 차가운 분노가 내 몸에서 흘러나오는 걸 느꼈다.

죽이고 싶어. 정말 죽이고 싶어.

문득 궁금해졌다. 아저씨와 수현은 무엇으로 연결되어 있는 걸까? 타인이 나를 통해서 어느 순간 언니를 떠올리는 것은 어쩔 수 없는 일이다. 나를 생각하면 참사가 떠오르는 것도 내가 원하지 않았지만 어쩔 수 없는 일이다. 내가 기적의 상징이 된 것, 아저씨가 선의의 대명사가 된 것도 우습지만 자연스러운 일이다. 그러나 아저씨의 어느 부분에서도 수현이 쉽사리 연상되지 않았다.

5

  수현은 전화를 받지 않았다. 나는 학교 옥상으로 와 달라는 메시지를 보냈다. 열쇠를 쥐고 날카로운 끝부분으로 손바닥을 긁었다. 수현에게 열쇠를 받은 날 이후로 생긴 버릇이었다. 손바닥이 간질간질할 때마다, 손바닥보다 더 깊은 곳이 가려울 때마다 그렇게 긁었다.

  학원으로 곧장 가야만 한다는 것을 알면서도 길을 벗어나 거리를 서성거렸다. 그러다가 다시 학교로 돌아왔다. 수현에게 전화를 걸었다. 우리는 원래 전화를 자주 하는 편이 아니었다. 내가 메시지를 보내면 반나절 후에 수현이 답장을 하고, 또 내가 답장을 하면 수현은 그다음 날에 확인을 하는 식이었다.

자물쇠를 열고 혼자서 옥상에 올라오니 스산한 기분이었다. 우리가 그날을 없었던 것으로, 혹은 모른 척하면 계속 좋은 친구로 지낼 수 있지 않았을까. 하지만 그건 전적으로 나에게 좋은 일이고 수현에게는 못 할 짓이라는 생각이 들었다.

우리 아빠가 만약 수현을 위기에서 구했다면. 그 일로 아빠가 영웅이 되었다면. 영웅이 되는 동시에 불구가 되었다면. 그런 아빠가 실은 영웅이라는 칭호를 받기에 하자가 많은 인간이라면. 그걸 지켜보는 게 힘겨웠다면. 가정이 파괴되었다면, 생활이, 일상이 순식간에 돌이킬 수 없이 끝장났다면.

아무리 상상해 봐도, 수현이 내게 어떤 감정을 갖고 있을지 짐작조차 할 수 없었다. 수현은 아무 생각이 없는데 어쩌면 내가 너무 어렵게 생각하는 것일지도 모른다. 수현은 명쾌한 아이니까. 수현은 쿨한 아이니까.

네가 그렇게 생각하고 싶은 건 아니고?

마음속에서 나를 비난하는 목소리가 들렸다.

수현이 메시지를 확인하지 않고 있었다. 다시 전화를

걸어도 받지 않았다. 끊으려고 할 때 갑자기 연결이 되었다. 적막감이 흘렀다.

"여보세요? 왜?"

"안 와?"

"어딜?"

"메시지 못 봤어?"

"어, 지금 확인할게."

잠시 정적이 흐른 뒤 수현이 말했다.

"지금 못 가. 나 멀리 있어. 누가 강아지를 공원 화장실에 버렸다고 해서 왔어. 보호소에 데려다줘야 돼."

"그렇구나."

분홍빛 노을이 지고 있었다. 문득 학원 선생님의 경고가 떠올랐다. 심화반 물을 흐리지 말라고. 그런 말은 태어나서 처음 들어 봤다. 자존심이 많이 상했다. 엄마에게 또 전화가 갈 것이다. 어쩌려고 이러지. 나는 지금껏 내가 아주 신중한 편인 줄 알았다.

"너는 아무렇지도 않아?"

수현은 대답이 없었다.

"나는 싸워 본 적이 없어서, 화해해 본 적도 없어. 우리가 싸운 건지, 화해를 해야 하는 상황인 건지, 화해하면 회복할 수 있는 종류인 건지도 모르겠어⋯⋯."

"미안한데 유원아, 나 지금 바빠서⋯⋯."

"여기서 기다릴 테니까 다 끝내고 와. 강아지 데려다주고. 그때까지 혼자 놀고 있을게."

"오래 걸려."

"괜찮으니까 오늘 안에만 와."

수현은 대꾸할 말을 쉽게 찾지 못하고 한참이나 말이 없었다. 비굴해 보였을까? 그래서인지 매정하게 거절하지 못했다. 저편에서 웅성거리며 시간을 상의하는 소리가 들렸고, 또 족히 열 마리는 되어 보이는 개들이 왕왕 짖는 소리가 머리가 아프도록 울렸다.

퇴근 시간이 되자 귀가하는 차들이 도로에 가득 찼다. 높은 곳에서 보니 꼬리에 꼬리를 물고 차들은 이어지고 있었다. 엄마와 아빠에게는 해당 사항이 없는 퇴근 시간.

사건 이후 이사를 하느라 동네를 옮기기는 했지만 그

래 봤자 지하철로 따지면 두 정거장 정도밖에 안 되는 거리였다. 단 한 번도 다른 지역에서 살아 본 적 없는 엄마와 아빠는 그리 대단한 결단을 내리지는 못했다. 식당을 두고 갈 수는 없었다. 생계를 위해서는 어쩔 수 없었다. 엄마 아빠는 그렇게 판단했던 것 같다.

아주 가끔 지역 커뮤니티에 '이불 아기'의 근황을 묻는 글이 올라왔다. 얼마 전에도 내 기사를 링크로 걸어 두고 이 아이가 잘 지내고 있는지 무사한지 궁금하다는 게시물을 보았다. 구김살 없이 예쁘게 자랐으면 좋겠다는 그 글에 누군가가 단 댓글을 봤다. 같은 학교에 다니고 있는데 그 아이는 어릴 때 얼굴 그대로 컸다고, 활발해 보이지는 않고 약간 내성적인 성격 같지만 별문제는 없어 보인다고, 성적이 좋고 얼마 전에 대회에 나가 상장도 받았다고, 나의 근황을 놀랄 만큼 상세히 알려 주었다. 사생 대회 같은 건 어차피 학생부에 뭐 하나라도 더 추가하기 위해 나간 대회이기 때문에 학교 전체가 관심을 기울이는 사항이 아니었다. 나는 놀랐다. 같은 반 아이가 쓴 것일지도 몰랐다. '별문제는 없어 보인다.' 그 애 눈엔 그렇게 보였을까.

그런데 정말 내가 어떻게 살고 있는지가 궁금해서 글을 올린 걸까? 내가 어떤 결함을 안고 사는지, 그 성장 과정이 얼마나 다사다난한지 궁금해서는 아닐까?

십이 년 전 기사에는 '희망'이나 '기적'이나 '빛' 같은 단어들이 자주 등장한다. 세계 전체에 희박한 것들을 굳이 내게서 찾으려는 시도가 폭력적으로 느껴진다.

rehabilitation

1. 재활, (장애인 등의) 사회 복귀, 갱생

2. 복위, 복권, 명예 회복

3. 부흥, 재건

하늘이 깜깜해져 단어장이 보이지 않게 될 때까지 수현은 오지 않았다. 너무해. 모두 너무하잖아. 나는 화가 나서 입술을 짓씹었다.

수현은 약속한 시간이 한참이나 지나도록 오지 않았다. 한계에 다다라 주섬주섬 가방을 메고 돌아가려고 할 때 옥상 문이 열렸다.

"오래 기다렸어?"

"응."

"제발 알아주라. 이게 최대한 빨리 온 거라는 거. 너 기다린다고 해서 강아지 데려다주고 바로 지하철 두 번 갈아타고 두 시간을 서서 왔어."

"지금 그걸로 내가 감동해야 돼?"

나를 어떻게든 웃겨 보려고 한 것 같았다. 아님 말고라는 식으로 수현이 어깨를 으쓱했다. 숨을 몰아쉬는 수현의 달아오른 얼굴을 보니 정말 최대한 서두른 것일지도 모른다는 생각이 들었다. 왜 날카롭게 말했지. 이러려고 지금까지 기다린 게 아닌데. 나는 주먹을 쥐었다 폈다만 반복하고 있었다. 수현이 갑자기 기억났다는 듯 핸드폰을 꺼내 사진을 내 눈앞에 들이밀었다. 이동 장 구석에 웅크려 앉아 있는 개는 마르고 눈곱이 잔뜩 낀 것이 한눈에 보기에도 영양 상태가 좋아 보이지 않았다.

"얘 데려다주고 왔어. 예쁘지."

"너 아니면 할 사람이 없대?"

"없었어. 엄마만 허락하면 우리 집에 데려오고 싶었는

데. 처음에는 좀 짖더니 신기하게 이동 장에 넣자마자 내 사정 다 안다는 듯이 조용해지는 거 있지. 이런 애들이 가끔 있어. 눈을 보면 우울해하는 게 보여. 보호소에 도착해도 낯선 곳을 경계하기는커녕 절차를 안다는 듯이 순순히 따라오거든."

유난스럽다는 느낌이었다. 수현이 에너지를 쏟는 것들에 공감하기가 힘들었다. 옳은 일이라는 것은 동의하지만 돌보아야 하는 것을 찾자면 더 가까운 곳에 있지 않은지. 가령,

우리들, 같은.

과거의 우리들과 현재의 우리들, 또 미래의 우리들만 따져 보아도 문제가 산재해 있는 게 아닌가.

"기다리면서 생각 정리라는 걸 해 보려고 했는데 잘 안됐어. 솔직히 조금 화가 나긴 해. 네가 날 속인 거잖아. 그런데 솔직히 나는 너한테 사과받고 싶은 마음은 없거든. 어…… 너는 있는지도 모르겠다. 네가 사과받고 싶다고 하면 할 의향도 있거든, 난."

"뭘?"

수현의 얼굴은 조금 지쳐 보이기도 했고 무료해 보이기도 했다. 수현 특유의 쉽게 흥분하지 않는 표정에서는 아무것도 읽어 낼 수가 없었다.

"알잖아."

"네가 우리 아빠 덕에 살아난 거? 그걸 사과하고 싶다는 거야?"

그 말을 수현의 입으로 들으니 힘들었다. 파기할 수 없는 계약에 매여 영원히 휘둘리는 것만 같았다.

"무슨 마음으로 나한테 말했어?"

"그냥. 내가 너를 너무 오래 속이는 것 같아서."

나는 수현이 내게 의도적으로 접근한 건지 궁금했다. 하지만 무엇을 얻어 내려고?

"아니, 원래 속이려는 마음은 없었어. 그냥 만나자마자 그런 말 하는 게 이상하잖아. 어, 너 신진석 씨 알지? 내가 그분 딸이야. 지금은 안 보고 살지만. 이러는 것도 웃기고."

"우리가 그날 옥상에서 만난 거, 그거 우연이야?"

수현이 내가 한 말을 잠깐 곱씹어 보더니 눈을 크게 떴다.

"뭔가 오해하나 본데, 우연이야. 그날 이후에 일부러 너 안 마주치려고 옥상 안 갔는데, 네가 우리 반까지 찾아왔잖아. 기억나지?"

물론 기억났다.

"나중에 갑자기 알게 되면 놀랄 테니까 말하게 된 거야. 어차피 알게 될 거였으니까."

"정말 그게 다지? 다른 건 없지?"

"내가 뭐, 복수라도 하려고 접근했다고 생각했어? 드라마 찍니? 복수하고 싶어지면 대놓고 할 거야. 다른 건 없어. 생기면 말할게. 약속해."

긴장이 풀리고 온몸에 힘이 빠졌다. 수현을 푹 끌어안으니 얘가 왜 이래, 하면서도 수현이 나를 안아 주었다.

*

한 번 어려움을 겪어 봐서인지 정현과는 비교적 편하게 아저씨 얘기를 할 수 있었다. 정현이 종종 메시지를 보내도 그동안 답장을 하지 않았다. 수현과 문제를 해결하지 않고 정현을 만나는 것은 왠지 반칙처럼 느껴져서였다. 편의점 야외 테이블에서 얘기하기엔 심각한 이야기 같았지만 정현의 표정에서는 감정의 동요가 느껴지지 않았다. 정현은 학교에 입학하기 전부터 내가 이 학교에 다닌다는 것을 알고 있었고, 웬만하면 나와 마주칠 일을 만들지 말라며 수현에게 미리 경고까지 했다고 덤덤하게 말했다.

"그날 옥상에서 나보고 깜짝 놀랐겠네."

"좀 놀라긴 했는데, 그것보다 '신수현, 내가 언젠간 이럴 줄 알았다.' 그랬지 뭐. 누나가 예전부터 관심 많았거든."

"그래? 집에서 수현이가 내 얘기 해?"

수현과 정현이 단둘이 있을 때 나에 대해 어떤 얘기를 하는지 궁금했다. 나는 이미 못 이기는 척 엄마에게 수현과의 첫 만남을, 수현이 아저씨의 딸이라는 걸 알게 된 과정을 얘기했다. 엄마는 세상에, 어머나, 어떻게 그런 일이, 같은 탄식을 쉬지 않고 연발하며 내 이야기를 들었다. 씻고 나온 아빠에게 내가 한 말을 그대로 전했는데 어쩐지 엄마가 말하니 우리가 더 운명적으로 느껴졌다.

"집에서 서로 대화 안 하는데."

정현은 그렇게 말하고는 라면 국물을 마저 다 마셨다. 국물을 좋아하는 것이, 건더기와 국까지 남김없이 마시는 모습이 아저씨와 겹쳐졌다.

별 의도 없이 속으로 한 생각인데도 정현에게 미안했다.

어쩌면 정현은 자신이 '안전한 사람'이라는 것을 누나와 엄마에게 끊임없이 증명하며 살아야 할지도 몰랐다.

6

　불현듯 기억나는 언니의 낯선 면들이 있다. 그런 면면들은 주변 사람들이 말하는 언니와 사뭇 다르다.

　이름이 승우였나 승호였나, 평소에도 짓궂은 행동을 많이 하는 애였다. 1층에 살고 있었다. 그 애 엄마가 집안일을 하다가 베란다 창문을 열고 승우야, 이거 먹고 놀아, 하면서 빵이나 요구르트 같은 걸 창문으로 건네곤 해서 그 애가 부럽다는 생각을 했다. 그 애는 내 옷 안으로 자꾸 모래를 넣는 장난을 쳤는데 집에 돌아오면 옷 곳곳은 물론이고 팬티와 양말에서까지 모래가 나왔다.

　나는 짜증을 내며 그 애를 밀어냈지만 그 애 힘이 더 세서 당해 낼 수가 없었다. 나는 벤치에 앉아 있는 언니에게

로 가서 모래를 털어 달라고 말했다. 언니가 옷 속에 들어
간 모래를 탈탈 털어 줬지만 바지 안쪽까지 들어간 까끌
까끌한 느낌이 가시지 않았다. 집에 가서 옷을 다 벗고 씻
어야 사라질 것 같았다. 나는 징징거리다가 어느새 잊어
버리고 미끄럼틀을 타러 계단을 올라갔다. 미끄럼틀에 앉
아서 언니가 밑에서 받아 주기를 기다렸는데 왜인지 언니
는 내가 불러도 돌아보지 않았다.

"언니! 언니!"

하고 부른 기억이 꽤 선명하다.

언니가 미끄럼틀 위에 앉아 있는 나를 손가락으로 가리
키며 그 아이에게 뭐라고 하는 모습이 보였다. 그리고 언
니는 자세를 낮춰 손에 모래를 움켜쥐더니 그 애 옷 속에
집어넣었다. 아이가 깜짝 놀란 듯 소리를 질렀는데 아랑
곳하지 않고 한 번 더 그 애 옷 속에 모래를 넣었다. 나는
언니가 그 애에게 대신 복수를 해 줘서 좋았지만 그 애 엄
마가 어느 순간 창문을 열고 승우야, 무슨 일이야! 한 뒤에
그 애가 울고 있는 걸 보고 달려 나올까 겁이 났다. 언니보
다는 아줌마가 힘이 셀 테니까.

그때 언니의 표정은, 뭐랄까, 좀 무지막지하고 날 서 보였다.

하지만 그날 이후로 승우인가 승호는 내 근처에 오지 않았다. 나를 발견하면 내 뒤를 살피기 바빴다. 언니가 벤치에 앉아 있는 것을 확인하고는 다른 애와 놀았다. 불안하지만 불안하지 않은 척 더 과장해서 큰 소리로 웃고 떠드는 것이 느껴졌다,는 기억이 어째서 이토록 선명한지 알 수 없다.

이 세계에서 나만 언니의 사나운 면을 알고 있는 걸까. 내 안에 숨겨진 포악함과 과격함은 언니에게서 비롯된 것 같다는 생각을 한다.

어느 때는 선명하게, 어느 때는 상상처럼, 혹은 꿈처럼. 언니가 손바닥에, 머리카락에 입을 맞췄던 기억들과 뒤섞여서 말이다.

*

신아 언니가 버스 정류장 앞에 마중 나와 있었다. 펑퍼

짙은 원피스와 화장기 없는 얼굴이 낯설었다.

"머리 잘랐네? 잘 어울려."

"율이가 계속 손으로 머리칼을 입에 넣어서. 관리도 어렵고."

"이거 선물. 언니 이 작가 책 좋다고 했잖아. 번역이 한 권밖에 안 돼서 아쉽다고. 이번에 새 책 나왔더라."

"그걸 기억하고 있었어? 고마워."

언니가 한참이나 책 표지를 손으로 만지며 좋아했다.

"율이 태어난 후에는 책 볼 시간이 없었어. 보고 싶다는 생각은 했는데 좀처럼 짬이 안 났어."

신아 언니는 약간 피곤해 보였지만 대체로 좋아 보였다. 생각보다는. 내게 좋은 모습을 보이려 노력하고 있기에 좋아 보이는지도 몰랐지만. 집 안은 깨끗했다. 예전에 신아 언니가 집안일은 해도 해도 끝이 없고 다 하고 난 뒤에도 보람이 없어서 지겹다고 말한 적이 있는데 그때 놀러 왔을 때보다 집이 더 깨끗해 보였다. 아기에게 위생이 중요해서 더 열심히 쓸고 치우는 것이겠지.

"안녕, 눈 뜬 거 처음 본다. 너 엄마 닮았구나?"

"그치? 그런데 애 아빠는 자기 닮았다고 우긴다?"

"이름을 정한 거야?"

"응, 외자야. 김율. 살면서 불편하진 않겠지? 넌 어땠어?"

"내 이름을 한 번에 못 알아듣는 점이 좀 불편하긴 해. 병원에서도 두세 번 말해야 하고, 시험 볼 때 OMR 카드 성명란에 한 칸이 비면 감독관이 꼭 한 번 더 물어보고……그 정도 빼면 괜찮아."

"다행이다. 네 이름, 예정이가 지었잖아. 너도 알지?"

"알지."

"예정이가 너 오랫동안 기다렸거든. 유치원 때부터. 한자로 원할 원에다가 영어로도 원트는 바라다라는 뜻이라면서 꼭 유원이어야 한다고 했어."

나는 집에 있는 사진마다 머리가 짧았던 언니가 생각났다. 언니가 죽기 일주일 전 어린이집 발표회 때 나를 안고 찍은 사진에서도 언니는 단발머리 정도가 아니라 숏컷이었다. 내 어린이집 하원을 늘 언니가 맡아서 했기 때문에 언니는 젊은 엄마라는 오해도 종종 받았다고 했다. 언니가 머리를 자른 게 혹시 나 때문이었을까?

신아 언니는 내게 방학을 어떻게 보내고 있나 물었다. 나는 고1 때와 별반 다르지 않다고 대답했다. 엄마와 마찬가지로 신아 언니는 내게 친구가 없다는 사실을 알고 있어서 되도록 친구 얘기는 꺼내지 않으려고 노력하는 편이었다.

"요즘도 월화수목금토일 학원 다니니?"

신아 언니는 아기에게 분유를 먹이며 물었다.

"그렇지 뭐. 아, 그래도 요즘은 토요일에 친구랑 좀 놀았다."

"웬일이야?"

언니는 누구랑 놀았는지 궁금한 것 같았다.

"남들이 못 가는 곳만 골라서 다니고 있지. 또 친구가 봉사를 많이 다니거든. 가끔 거기 따라다녀. 매니저 같은 거야."

매니저라기엔 별로 하는 일이 없었지만 나는 즉흥적으로 말해 버렸다.

"정말? 좋은 친구네. 그런 친구가 있었구나."

"좀 특이해. 그런 애 처음 봐. 공부에는 별로 관심이 없는 것 같은데 그 대신 사회 문제에는 관심이 많아."

"너한테 도움이 많이 되겠다. 얘기만 들었는데도 선한 아이 같아. 그런 사람과 어울리면 자연스럽게 따라가게 되잖아."

그런가? 나는 조금이라도 수현의 그런 면을 닮아 가고 있나? 걔한테 도움을 받으려고 친구를 하는 건 아니야. 나는 신아 언니에게 그렇게 말하고 싶었다.

"어떻게 친해졌니?"

"내가 자주 옥상에 가거든. 거기가 아지트 같은 건데, 우리 학교 옥상 문은 잠겨 있어서 사실 들어가지도 못하고 계단참에서 놀았단 말이야. 그런데 어느 날 걔가 뚜벅뚜벅 올라와서 옥상 문을 짠, 여는 거야. 그러고는 나한테 들어오고 싶으면 들어오래. 어이없지 않아? 무슨 자기 집도 아닌데."

언니는 율이를 안아서 등을 두드리며 내 말을 들었다. 언니의 표정은 부드러우면서도 호기심이 어려 있었다. 방금 내가 친구를 처음 사귄 유치원생처럼 흥분해서 목소리가 커졌다는 걸 깨달았다.

친구 대신 신아 언니와 처음 해 본 것들이 많았다. 영화관에 처음 데려가 준 것도 신아 언니였고, 내 첫 핸드폰을 골라 준 것도 신아 언니였다. 처음 귀를 뚫을 때도 신아 언니가 옆에 있었다. 신아 언니가 임신을 한 후로는 거의 얼굴을 보지 못했다. 앞으로 신아 언니는 율이와 더 많은 시간을 함께 보내야 할 것이다.

"유원이 다 컸네. 예전에는 언니만 졸졸 따라다녔는데, 이젠 친구도 사귀고. 덕분에 언니는 걱정 덜었네."

율이가 작은 소리로 트림을 했다.

"언니 나 걱정했어?"

"그럼, 늘 걱정하지. 기도하고."

신아 언니는 율이가 얼마나 잠을 잘 자는지, 우유를 잘 먹는지, 트림을 잘하는지 얘기했다. 나는 칭찬을 해 줘야 하는 건가 고민하다가 타이밍을 놓치고 말았다. 앞으로는 이렇게 서로 자랑할 거리도 달라질 것이다. 언니의 자랑에 반응하는 건 힘들었지만 율이는 정말 귀여웠다.

언니와 신아 언니는 유치원 때부터 단짝이었다. 신아

언니네 부모님이 늘 퇴근이 늦었기 때문에 언니와 신아 언니를 엄마가 식당으로 불러 저녁밥을 먹이고 숙제까지 다 해서 집에 보내고는 했다고 한다. 하루라도 일이 있어서 못 만나는 날이면 두 사람은 한 시간씩 전화기를 붙들고 수다를 떨었다.

그렇게 애틋할 수가 없었지, 그러면서 엄마는 뿌듯한 표정을 지었다.

"젖병 소독 좀 할게. 아기 잘 봐."

언니가 주방에 간 사이에 율이와 함께 있게 되었다. 태어난 지 사 개월 된 아기는 생각보다 사람에 가까웠다. 아기는 호기심이 많았다.

머리가 무거워서 자꾸 뒤로 넘어지려고 하는데 왜 굳이 일어나 앉아 있으려고 하니. 율이에게 물었다. 네가 어디에 부딪칠까 봐, 넘어질까 봐 나도 계속 너를 보고 있어야 하잖아. 저거 봐, 너 때문에 잠을 제대로 못 자서 너희 엄마 얼굴이 핼쑥해졌어. 이렇게 움직이면 한눈을 팔 수가 없잖아. 내가 너라면 누워 있을 수 있는 동안에는 계속 누워 있을 거야. 엄마에게 혼자만의 시간을 주려고 자는 척이라도 할 거야. 내 뒤통수가 납작한 건 내가 얌전한 아기였던 증거라고 했어. 우유는 하루에 세 번만 먹을 거야. 별것 아닌 일로 울지 않을 거야. 너희 엄마는 사는 동안 계속 네 걱정을 할 거야. 그러니까 지금은 조금만 몸부림치고 조금만 아파야 해. 나도 그럴 거거든.

사람이라기보다는 그저 새로운 생명 그 자체 같은 아기 앞에서, 나는 건방지게 생각했다.

나는 너희 엄마가 나를 챙겨 준 것보다 너를 더 예뻐해 주려고. 네가 친구가 없어도, 선하지 않아도, 그런 거 상관없이 같이 놀아 줄게.

잠시 나를 어리둥절한 눈으로 보던 율이는 내가 엄마가 아니라는 걸 알고 울기 시작했다. 주방에서 신아 언니가 목을 받치고 안아 주라 소리쳤다. 목을 받치고 안았다. 따뜻했다. 나는 율이를 안고 이 방 저 방 돌아다녔다.

언니는 어땠을까. 스물아홉 살이 되었다면 어떤 삶을 살고 있었을까. 왜인지 언니는 결혼을 하지 않았을 것 같다. 열심히 일을 하고 있을 것 같다.

달리 생각하면, 뭐 그럴 수도 있겠지. 시간이 많이 흘렀을 테니까. 어쩌면 웨딩드레스를 맞출 때 내가 옆에 있었을지 모른다. 아니, 언니는 전형적인 결혼 방식을 따르지 않았을 것 같다. 예쁜 별장 같은 걸 빌려서 가족과 가까운 친구들끼리 파티를 했을지도. 언니는 가족이 함께 살던 집을 나가서 신혼집에서 살게 되겠지. 방이 두 칸 정도 있는 아파트로.

언니가 율이 같은 아기를 낳았다면 나는 아기의 이모가 되는 것이다. 나는 때때로 조카를 봐 주는 이모, 기저귀를 갈아 주는 이모, 분유를 타서 먹여 주는 이모, 지나가다가 아기 옷을 보면 조카가 생각나서 아기 옷을 사 와 입혀 주기도 하는 이모, 사진을 많이 찍어 주는 이모가 됐을 수도 있다. 조카가 엄마 다음으로 가장 편안하게 기댈 수 있는 이모가.

신아 언니가 쪽쪽이를 물려 주자 율이는 울음을 멈췄다.

"언니는 우리 언니 얼마나 자주 생각해?"

"요즘 갑자기 예정이에 대해서 관심이 많아진 것 같네?"

신아 언니의 얼굴이 활기차 보였다. 스위치를 켠 것처럼.

어쩐지 더 이상은 견디기 힘들어져 자리에서 일어났다.

"벌써? 얘는, 밥 먹고 가."

"친구 만나기로 했어. 배도 안 고파. 밥 늦게 먹었다니까."

"그렇다고 여기까지 와서 아무것도 안 먹고 가? 언니 맘 불편하게."

신아 언니는 정말로 서운한 표정이었지만 나는 내 나름대로의 배려인 양 말했다.

"신경 쓰지 마. 다음에 올게."

신아 언니는 마음에 안 든다는 눈으로 나를 바라보다가 고개를 끄덕였다.

"잠시만 기다려."

방에 들어가더니 뭔가를 가지고 나와 내게 내밀었다. 나는 사진을 가만히 보았다. 처음 보는 사진이었다.

"어머니께 전해 드려. 좋아하실 거야."

나는 고개를 대충 끄덕이고 가방에 사진을 넣었다.

"율아, 이모 갈게. 안녕."

율이는 신아 언니 품에 안겨 무심한 눈으로 나를 흘깃 보더니 고개를 돌려 버렸다.

신아 언니, 그리고 율이 앞에서 나는 또다시 내가 모르는 어떤 곳으로 새롭게 발을 들였다는 것을 느꼈다.

7

왜 이런 날이 올 거라고 상상을 못 했을까? 수현은 그렇다 쳐도 나는 주변을 살피고 대비했어야 하는 것 아닌가. 아저씨가 언제나 가까운 곳에서 서성거리고 있으며 자기가 필요하다고 느낄 때면 언제라도 튀어나올 수 있는 사람이었다는 것을 내가 한순간이라도 잊고 있었다니. 그렇게 있을 수 있었다니.

당연하게도 아저씨와 수현은 서로를 한눈에 알아봤다. 수현은 내 앞이라는 것도 의식하지 않고 티가 나게 인상을 찌푸렸다. 한때 아버지를 무서워하던 어린애였다는 것이 믿기지 않을 만큼 수현은 혐오의 감정을 감추지 않고 드러냈다. 그에 반해 아저씨는 몹시 당황한 것 같았다. 아저씨가 천천히 우리 쪽으로 다가왔지만 수현보다는 아저씨가 자리를 피하고 싶어 하는 눈치였다.

"너희들, 어떻게……."

"같은 학교 다녀요."

수현은 내 대답이 끝나기도 전에 팔을 툭 치며 뭘 그런 걸 얘기하냐는 듯 짜증스럽게 나를 봤다. 내가 못 할 말을 했나 싶어 난처했다. 하지만 우리는 같은 교복을 입고 있고, 아저씨는 그것만 봐도 대강 상황 파악을 마쳤을 텐데. 지나칠 정도로 수현이 예민하게 반응하는 것 같았지만 어쨌든 나보다 더 아저씨를 싫어하는 사람이 있다는 것에 묘한 감정을 느꼈다.

"지금 집에 엄마 아빠 안 계실 텐데."

"으응……. 둘 다 전화를 안 받기에 와 봤다."

저녁 시간대이기 때문에 엄마 아빠는 한창 바쁠 터였다. 엄마 아빠의 스케줄을 모르지 않는 아저씨가 이 시간에 집에 왔다는 건 엄마 아빠의 퇴근을 가만히 앉아서 기다리기 힘들 정도로 급전이 필요하다는 얘기일 것이다. 역겨웠지만 수현 앞에서 불편한 티를 내고 싶지 않았다.

그건 수현에 대한 예의였다. 그리고, 수현이 이미 통쾌할 정도로 아저씨를 노려보고 있으니.

"여기 왜 왔어요?"

"너는 아버지를 몇 년 만에 보고, 고작 한다는 말이 그거냐. 인사도 없이."

아저씨는 평소보다 더 어른 흉내를 냈다. 내 앞에서는 유쾌하고 호탕한 어른의 흉내를 낸다면, 수현 앞에서는 근엄하고 중후한 어른 흉내를 냈다. 나는 속으로 웃었고 수현은 소리 내어 픽, 하고 웃었다. 같잖고 어이없다는 듯이.

"그때부터 지금까지 얘네 집에 돈 받으러 오는 거예요? 유원, 네 목숨값 너무 비싸지 않냐? 좀 깎아 달라고 해."

나는 덩달아 혼나는 것처럼 말없이 서 있었다. 목숨값이라니. 속으로만 생각했던 걸 수현은 입 밖으로 내뱉고 있었다. 아저씨는 오랜만에 만난 딸의 서슴없는 말과 공격적인 태도에 놀란 듯 별다른 대꾸를 하지 못했다.

"아저씨, 아빠 오면 아저씨 왔다 가셨다고 전할게요."

"알겠다. 다음에 얘기하자. 수현이는 좀 따라와라."

"내가 왜요? 할 얘기 없어요."

"따라오라면 그냥 따라와."

수현이 우뚝 서서 노려보기만 하자 아저씨는 성큼성큼 다리를 절며 다가와 수현의 팔을 잡아챘다. 말릴 틈도 없이 수현이 아저씨가 이끄는 대로 끌려갔다.

"아저씨, 아저씨!"

그때 수현이 한쪽 어깨에 메고 있던 가방으로 아저씨의 뒤통수를 때렸다. 순식간의 일이었다. 수현의 가방은 거의 비어 있었기 때문에 아프지는 않겠지만 아저씨는 충격을 받은 듯 수현의 팔을 놓았다. 나는 더 다가가지도 자리를 피하지도 못한 채 입을 막고 서 있었다.

"할 말 없다고 했잖아! 나 좀 괴롭히지 마요. 우리 전부 다 그만 괴롭혀!"

수현이 화를 참기 힘든 듯 어깨를 들썩거리며 괴성 같은 소리를 질렀다. 아파트 단지 안을 지나던 사람들이 무슨 일인가 싶어 이쪽을 흘끔거렸다.

"쪽팔려. 당신 때문에 숨 쉬는 게 쪽팔릴 정도니까 얘 그만 찾아오라고! 그리고 혹시나 해서 하는 말인데 엄마랑 정현이랑 나, 잘 살고 있으니까 다시 끼어들 생각도 하

지 말고요. 그냥 하는 말 아니고 정말, 진짜 평화롭게 살고
있으니까 찾으려는 시도도 하지 마요. 알겠어요?"

수현은 앞장서서 내 팔을 당겨 엘리베이터로 이끌었다.
나는 얼떨결에 끌려가며 뒤돌아보았다. 아저씨는 그 자리
에 그대로 서서 우리를 바라보고 있었다. 나는 엘리베이
터를 타기 전 대충 고개 숙여 인사했다.

"진짜 꼼짝도 못 하는구나, 너."

"너 정말 몇 년 만에 아빠 만난 거 맞아?"

"삼 년? 사 년? 그 정도 됐나 보다."

"괜찮아?"

수현은 뭘 그런 걸 묻느냐는 듯 나를 빤히 보다가 내 오
른손을 가져가 자기 가슴에 댔다. 손바닥에 수현의 심장
박동이 느껴졌다.

"너…… 이러다 죽는 거 아니야?"

"심장 터질 것 같다. 아, 시발."

수현의 얼굴이 달아올랐다. 많이 놀란 모양인지 평소에
는 잘 하지 않던 욕까지 했다.

"물 줘 빨리. 물, 물."

나는 집에 들어와 냉장고로 달려가 컵 가득 물을 따라 왕에게 바치듯 한쪽 무릎을 꿇고 수현에게 대령했다. 수현은 꿀꺽꿀꺽 순식간에 한 잔 다 들이켰다.

"스트레스받아. 매운 거 먹자."

혼자라면 위장을 생각해서 절대 먹지 않을 매운 떡볶이를 배달 어플로 주문했다. 떡볶이 1인분과 어묵 1인분과 참치주먹밥까지 시켰다. 옆에서 살피던 수현이 물었다.

"돈 얼마 있어?"

"왜?"

"네가 새우튀김까지 사 줄 여력이 되나 해서."

나는 지갑을 꺼내 돈을 세어 보았다.

"돼. 추가할게."

"새우가 고구마랑 김말이보다 오백 원 비싼 거 알고는 있지?"

"물론."

"진짜 능력 있다 너."

우리는 새우튀김을 양껏 먹었다. 나는 떡볶이 국물에도 간장에도 듬뿍 찍어 먹었는데 수현은 튀김 본연의 맛을 느긴다며 아무 데도 찍어 먹지 않았다. 한 달 용돈을 일주일 안에 다 쓴 건 고등학생이 되고 나서 처음이었다. 나는 그것을 수현에게 말해 주려다 말았다. 내가 친구가 없다는 것, 늘 혼자 다녔다는 걸 한 번도 부끄럽게 여긴 적은 없지만 이렇게 시시콜콜한 것까지 말하는 건 좀 부끄러웠다.

나는 우리가 어른스럽다고 생각했다. 어른스러운 게 뭔지 모르겠지만 이렇게 자란다면, 수현과 함께라면 부끄럽지 않을 것 같았다. 동시에 서글프다는 생각도 들었다. 서글픈 감정이라는 건 누군가에게 들은 적도 입 밖으로 꺼내 본 적도 없는 감정이었지만 왠지 지금 내가 느끼는 이 느낌은 서글픔이라는 감정과 가장 가까울 것 같았다.

"나 자고 갈까?"

배가 불러서 둘 다 바닥에 늘어져 호흡만 고르고 있을 즈음, 수현이 느닷없이 말했다.

"내일 토요일이니까."

그런 걸 이렇게 갑자기 결정해도 되는 건가? 수현이 우리 집에서 자면 한 침대에서 같이 자나. 보통 애들은 손님 대접을 어떻게 하는지 나는 몰랐다. 두 사람이 눕기엔 좁고 엄마 외에는 누군가와 한 침대에서 자 본 적이 없기 때문에 불편할 것 같기도 했다. 그렇다고 수현만 바닥에서 재우는 건 좀 아닌 것 같았다. 그러면서 벌써 나는 머릿속으로 수현에게 빌려줄 편한 옷을 고르고 있었다.

"부모님 언제 오셔?"

"곧 오셔. 그러면…… 너는 집에 허락 안 맡아도 돼?"

"어. 우리 엄마는 친구 집에서 자고 가겠다고 하면 아무 말 안 해."

엄마는 수현을 반가워했다. 내 우려보다는 호들갑을 떨지 않아서 다행이었다. "잘 자렴." "잘 자."만 반복할 뿐이었다.

우리는 좁은 침대에 나란히 누웠다. 어깨가 맞닿았다. 나는 이불을 몸에 말고 자는 버릇이 있기 때문에 엄마가 수현의 이불을 따로 가져다주었다. 수현에게 새 칫솔도 주었다. 수현은 다음에 올 때 또 쓸 거라며 자기 칫솔에 네임펜으로 이름을 쓴 뒤 물에 지워지지 않게 투명 테이프로 감았다.

"잠이 안 와."

"난 금방 잠들 것 같은데."

수현이 태평한 목소리로 대꾸했다.

"너 때문에 그런 것 같아. 너 숨소리가 너무 커."

"그래서? 바닥에 내려가서 자라고?"

"아니."

"적응해. 넌 낯설겠지만 친구랑 같이 자는 건 이런 거야. 숨소리, 잠꼬대, 방귀 냄새 참아 주는 거."

수현은 자기도 웃긴지 킥킥 웃었다. 나도 따라 웃었다. 이런저런 얘기를 하다 보니 어느새 잠이 몰려왔다. 그때 수현이 말했다.

"원래 그런 사람이었어."

"뭐가?"

"아빠 말이야. 솔직히 그 일 이후에 더 구질구질해진 건 사실인데, 원래도 그런 사람이었다고. 꼬투리 하나 잡으면 사람이 너덜너덜해질 때까지 우려먹고, 협박하고, 궁지로 내몰고. 그날 네가 재수 없게 우리 아빠 머리 위로 떨어진 거야. 그 일 이후로 우리 좀 잘살게 됐어. 모르긴 몰라도 성금이 몇천만 원은 들어왔을 거야. 치킨도 원 없이 먹고. 아빠가 자기 버릇 남 못 주고 또 한탕을 노리다가 그 많은 돈 다 까먹은 거지."

아저씨는 가진 게 없으면서도, 불편한 몸으로도, 어디에서도, 어떤 상황에서도 굴하지 않는다. 치킨 가게에서 신나게 주문을 받는 아저씨 뒤에서 누군가 "요새 보기 드문 호인이야."라고 중얼거리는 걸 들은 후에 나는 그 자리에서 곧장 아빠 폰으로 호인이 뭔지 검색해 봤다.

호인(好人). 좋은 사람. 아저씨는 내 은인이고, 용감한 시민이며, 은정동의 의인이었다. 나는 무안했고 불안했다.

"그 사람 대신에 내가 부끄러웠지. 어린 눈에도 아빠가 구걸하러 다니는 걸로 보였거든. 지금 생각해 보니까 구걸이 아니라 협박이었구나. 어쨌든 나는 누구에게나 감정의 할당량이 정해져 있다고 생각해. 근데 아빠는 그런 걸 잘 못 느끼나 봐. 부끄러움도, 미안함도, 분노도 모두 엄마랑 나랑 정현이 몫이었어."

"내가 싫지는 않았어?"

"건강하던 아빠가 갑자기 그렇게 됐다고 생각해 봐. 아빠를 그렇게 만든 사람이 얼마나 미웠겠어."

"나 같아도 그랬을 거야."

"그래도 그 일을 계기로 아빠랑 따로 살게 됐으니까. 나비 효과라고 해야 할까. 거기까지 생각하면 내가 너한테 고마워. 훨씬 사람답게 살았거든."

어둠에 눈이 익자 사물의 윤곽이 희미하게나마 드러났다. 나는 고개를 돌려 수현의 얼굴을 봤다. 어둠 속에서도 까만 눈동자가 반짝거리는 게 보였다.

"아침에 일어나면 뭐 할래?"

"점심까지 늦잠."

"좋아."

나는 한때 세상에서 나를 가장 미워했던 아이의 어깨에 기대어서 꿈을 꾸기 시작했다. 편안했다.

8

  수현이 돌아가고 나서 나는 엄마에게 믿기 힘든 이야기를 들었다.

  가게로 아저씨가 PD를 데리고 왔다는 것이었다.

  아저씨는 하나도 부담 가질 필요 없고, 전혀 어려운 작업이 아니라고 엄마 아빠를 설득했다. 있는 그대로, 진솔한 모습을 보여 주면 지금까지 이어지고 있는 '이불 아기'와 '의인'의 인연에 많은 사람들이 감동받고 위로받을 것이라는 이야기였다.

  "일주일이면 충분하다고 하시더라고. 아저씨가 메인이니까 너는 잠깐 인터뷰 정도만 해 주면 된다고. 엄마도 너 텔레비전 나오는 거 싫어. 심야 프로라서 사람들이 많

이 보지는 않을 거래. 근데 아저씨가 다시 일어서야 우리
도 마음이 편하긴 할 테니까 이게 도리인 것 같기도 하
고……."

　내가 비명을 지르지 않고 그 이야기를 끝까지 들을 수
있었다는 게 놀라울 따름이었다.

9

성적이 떨어진 이유에는 수현의 탓도 있는 것 같았다.
수현을 만나고부터 내 삶이 복잡해졌기 때문이다. 단순한
일상을 벗어나 이것저것을 하느라 시간이 부족해졌기 때
문이다. 내 성적의 특징은 노력하는 것에 비해 획기적으
로 오르진 않아도 잠시 한눈을 판다고 눈에 띄게 하락하
지도 않는다는 거였는데. 은연중에 그걸 믿고 너무 마음
대로 돌아다닌 것 같았다. 요즘 너랑 노느라 성적이 떨어
진 것 같다는 내 말에 수현은 한심하다는 눈으로 나를 쳐
다보았다. 수현이 그런 반응을 보일 줄 알았다. 인정하기
싫지만 나는 어리광이 많은 편일까? 투정을 부리면 기분
이 조금 나아졌다.

내가 학원에 매여 있는 시간 동안 수현은 또 다른 옥상을 정복했다.

상가 건물 옥상이라 커다란 애드벌룬이 벽돌에 묶여 있었다. 어마어마하게 큰 붉은색 풍선은 멀리서 보면 태양이라고 착각할 수 있을 만큼 눈이 부셨다.

'SSADA 아웃렛 9월 31일 OPEN!'

"9월은 30일까지밖에 없는데, 왜 오픈을 9월 31일이라고 적었을까?"

풍선 밑에 달린 플래카드에 누군가 말도 안 되는 실수를 저질렀다는 걸 현재까지는 우리만 알고 있는 듯했다. 우리가 모르는 하루가 어딘가에 있을지도 모른다는 상상을 하게 되었다. 그 하루를 살아가는 우리가 있을지도 모른다는 상상.

"저 줄을 풀어서 내 몸에 묶으면, 몸이 뜰까?"

"신선한 방법이네."

높은 곳에 떠 있다는 상상만으로도 나는 다리가 조금 후들거렸다. 옥상 밑을 내려다보는 것도 예전보다는 덜하지만 여전히 용기가 필요했다.

"있잖아. 네 얘기를 많이 하셨어. 나를 보면 딸 생각이 난다고, 못 해 준 게 많아서 미안하다고, 네가 싫어할까 봐 얼굴을 보고 싶을 때도 참는다고 하셨어."

아니, 아저씨는 우리 가족 앞에서 가족 얘기를 꺼낸 적이 없다. 말하고 보니 정말 이상했다. 십이 년 전, 내게도 어린 딸이 있어 아이를 받아 달라는 절규를 외면할 수 없었다는 인터뷰를 카메라 앞에서 한 아저씨였는데, 몇 번이고 나를 보면서 수현을 떠올렸을 법도 한데. 언제나 아저씨가 생각한 바를 여과 없이 입 밖으로 내뱉는다고 느꼈던 터라 수현과 정현에 대한 이야기를 들어 보지 못했다는 게 이상했다.

"설이랑 추석 때 꼭 찾아오셨거든. 연휴 마지막 날 느지막이."

그게 가장 싫었다. 명절이 되면 긴장이 되어 얼른 아저씨가 오기를, 차라리 빨리 와서 우리가 그 시간을 헤치워 버리기를 바랐다.

수현은 내가 무슨 말을 하는지 잠자코 들었지만 눈빛이 눈에 띄게 차가워졌다. 나는 눈을 피한 뒤 계속 말을 이어

갔다.

"가족이 많이 그리우신 것 같았어. 너한테 어떻게 들릴지 모르겠는데, 주제넘은 거 나도 아는데, 아저씨는 정말……."

"너 왜 그래?"

수현이 고개를 저었다.

"그만해. 네가 그렇게 우리 아빠를 잘 알아?"

그 말이 시비처럼 들리지 않았다. 진짜 확인을 받고 싶은 것 같았다.

나는 말을 멈추지 못했다.

"아저씨가 나 진짜 많이 챙겨 주셨거든. 내가 이런 걸 받아도 되나, 아저씨 딸이 받아야 하는 거 아닌가, 그런 생각 진짜 많이 했어. 나는 그때 네 이름도 몰랐지만 미안했어. 내가 가로채는 것 같아서."

연극을 하는 기분이었다. 나는 천천히, 그러나 멈추지 않고 수현의 기분을 살피는 척, 하지만 이 말을 하지 않고는 못 배기겠다는 듯 말했다. 말을 하다 보니 내가 오해를 풀 수 있는 유일한 사람일지도 모른다는 주제넘고 허무맹

랑한 생각도 들었다. 어쩌면 진짜로 아저씨가 지금껏 수현과 정현을 많이 그리워했을지도 모른다고, 아저씨가 약해진 마음을 애써 감추기 위해 허세를 부린 걸지도 모른다는 생각이 들었다. 이런저런 사업에 무모하게 손을 대려고 하는 것도, 엄마 아빠에게 돈을 빌리려는 것도 어떻게든 돈을 벌어서 수현과 정현을 다시 보겠다는 의지의 표현일지도 모른다는 생각. 어찌 됐든 딸과 아들이니까.

"아빠가 정말 그런 말을 했어?"

수현은 나를 비웃고 있었다.

"아빠의 문제점은 그거야. 우리한테도 똑같이 사기를 친다니까? 희망적인 척, 곧 있으면 나아질 것처럼 연기를 해. 그럴 때는 차라리 나를 때렸으면 좋겠다고 생각한 적도 있어. 적어도 그러면 아빠를 혐오할 확실한 명분이 생기잖아."

나도 모르는 사이, 내가 수현을 난간에 세워 둔 것 같았다. 너무나 위태롭고 아슬아슬해 보였다.

"인터뷰를 하고 온 날에는 기분이 좋아 보였어. 우리는 아빠가 나온 기사를 오려서 스크랩해야 했어. 화장실 벽에 그 기사가 붙어 있어서 똥을 싸면서도 읽었어. 의인 신진석 씨는…… 의인 신진석 씨는……. 사람들이 아빠를 치켜세울 때마다 불안했어. 이번에는 진짜일까? 믿어도 될까?"

수현은 허공을 움켜쥐고 떨어지지 않으려 애썼다.

"아빠가…… 해로운 사람이라는 걸 인정하는 건 진짜 어려운 일이야. 그러고 싶지 않은데 나도 모르게 아빠의 행동에 이유를 찾아 주게 되거든. 아빠도 아빠다운 아빠의 사랑을 제대로 못 받고 자라서 그런 거라고, 혹은 한 번도 여유를 갖고 살아 보지 않아서 그런 거라고, 살면서 누군가를 도와 본 게 처음이라, 은인이 되어 본 것도 처음이고 그런 식의 대접을 받아 본 것도 처음이라 거기서 아직까지도 벗어나지 못하고 있는 거라고. 내 머릿속에서 자꾸만 아빠를 가련한 사람으로 만들거든."

수현의 노력이 가상했다.

"이제 알아. 아빠는 해로운 사람이야. 아빠는 이 세상에 해로워. 너한테도, 나한테도. 아빠는 변하지 않을 거야. 포기해야 돼. 나는 아빠랑 다르게 살 거야. 너도 내 노력을 우습게 보지 마."

수현은 아빠의 비겁함, 구질구질함, 위선, 아빠에게 기대는 것이 아니라 아빠를 아이 달래듯 달래 가며 격려하고, 다독이는 것, 아빠에게 또다시 실망하는 일련의 일들에 지쳐 있었다.

나는 수현에게 미안했다. 이런 것까지 말하고 싶지 않았을 것이다. 내게는 더욱더. 문득 수현이 꾸준히 해 온 봉사 활동들이 떠올랐다. 그게 어떤 의미인지.

"아빠 생각은 너보다 내가 더 많이 해 봤어. 궁극적인 질문은 이거지. 그래서 아빠는 어떤 사람일까? 어떤 사람이기에 이럴 수 있는 걸까. 나는 왜 아빠의 다른 면을 보지 못한 걸까. 아빠는 왜 남들처럼 정직하게 살지 못하고, 누군가를 착취하면서 살아야 하는 거지? 아빠 속이 궁금해, 나도. 아빠는 얼떨결에 널 구하고 영웅이 됐지. 아빠는 그날 널 구하지 않았던 게 아빠 인생을 위해서 더 나은 일이었을 수도 있어."

그러면 나는 죽었겠지. 잔인한 말이었지만 수현에게 화를 낼 수 없었다. 화를 내야 하는 사람은 내가 아니라 수현이겠지. 자신의 아빠를 참아 왔듯이 수현이 나라는 존재 또한 참아 왔음을 알게 되었다.

하지만 변하지 않는 것. 다른 사람이면 몰라도 내가 '얼떨결에'라고 말하는 건 옳지 못하다. 아저씨는 그 짧은 순간 자신의 무언가를 포기했다. 11층에서 떨어진 아이를 받아 내느라 아저씨의 다리는 부서졌다.

아저씨가 잠시만 달리 생각했더라도 나는 차갑고 딱딱한 아스팔트에 처박혔을 것이다.

10

수현은 한동안 내 전화를 받지 않았다. 영원히 받지 않을까 봐 두려웠다.

나는 오랫동안 마음의 짐을 내려놓을 방법을 찾고 있었다. 나는 아저씨의 완전한 회복을 바랐다. 아저씨의 몸과 정신이 건강해지기를. 여기저기 떠돌아다니지 않기를. 그러기 위해서는 따뜻하고 안전한 집이 필요했다. 음식을 잘 먹고, 남들이 일하는 시간에 일하길 원했다. 아저씨에게는 가족이 필요해 보였다. 아저씨가 책임감을 가지고 버틸 수 있게 하는 동력이. 나는 아저씨가 노력이 부족해서 가정으로 돌아가지 못하는 것이라 생각했다. 아저씨에게서 전력으로 멀어진 수현과 정현과 아줌마의 노력을 알지 못했던 시절에.

아저씨를 변호하려 애썼던 내 모습이 수현에게는 상처가 되었을 거라는 사실을 외면했다.

나는 아저씨가 그렇게까지 나쁜 사람이 아니기를 바랐는지도 몰랐다. 걸음걸이는 바뀌지 않더라도 아저씨의 삶이 바뀔 수는 있다고 생각한 것이다. 그래야 내가 편하게 사니까. 눈에 띄지 않아야 마음이 편하니까. 이따금 아저씨가 휘청거리는 모습을 볼 때면 내 삶 전체가 기울어지는 것 같았다. 그래서 바랐다. 그게 수현에게는 잔혹한 일이라 할지라도.

나는 말을 하면서도 내가 뭔가 실수를 하고 있다는 걸 알고 있었다. 돌이켜 보니 나는 누구도 하지 않을 실수를 계속해서 저지르고 있었다. 세진이라면 이런 실수를 하지 않을 텐데. 신아 언니라면. 수현도, 정현도, 언니도 이런 실수를 할 리 없는 사람들이었다. 모두가 나보다 나았다. 그 사실이 절망적이었다.

11

신아 언니는 전화를 건 내 목소리를 듣고 아무것도 묻
지 않고 나와 주었다. 우리는 둘 다 배가 고프지 않아서 언
니네 집 근처에 있는 근린공원으로 갔다. 나무 그늘이 드
리운 벤치에 앉아 작은 호수를 바라보았다.

"덕분에 바람 쐬서 나는 좋은데, 너는 기분이 별로 안
좋아 보이네. 전에 친구 생겼다며. 매니저 한다더니."

"또 내가 망쳤지 뭐."

"화해하면 되잖아. 화해하고 나한테도 소개해 줘. 궁금
해."

나는 핸드폰을 꺼내 몇 달 전 수현과 찍은 사진을 보여
줬다.

"이렇게 생겼어."

"뭔가 너랑 닮은 것 같다? 머리 스타일이 똑같아서 그런가?"

"키도 거의 똑같아."

"그래?"

신아 언니는 사진을 한참이나 보더니 정말 닮았어, 신기해…… 하고 중얼거렸다.

"나랑 닮았다니까 뭔가 기분이 이상하네. 그럼 나랑 아저씨도 닮았다는 뜻인가?"

신아 언니가 무슨 말이냐고 눈짓으로 물었다.

"걔, 아저씨 딸이야. 신수현. 나랑 동갑."

그 사실을 알게 되기까지의 과정을 말하지 않고, 있는 그대로의 사실만 말하자니 우리 관계가 견딜 수 없을 만큼 빈약하게 느껴졌다.

신아 언니는 눈이 휘둥그레졌다.

"정말이야? 신진석 씨 딸? 알고 친해진 거야?"

"모르고 친해졌지. 계속 몰랐으면 좋았을걸."

나는 신아 언니에게 내가 단지 내 마음의 평안을 위해

나 좋을 대로 수현과 아저씨의 화목한 미래를 상상했다는 사실을 고백했다.

"나는 이상한 애야. 언니가 보기에도 그렇지?"

언니는 잠시 침묵하다가 힘없이 내뱉었다.

"걔는 너를 이해할 거야……. 선한 사람들은 원래 그래."

"언니는 앞으로도 계속 우리 언니를 좋아하겠지? 우리 언니한테는 화날 일이 없잖아. 죽었으니까. 싸울 일도 없고, 화해할 일도 없고. 맞지?"

"괜찮니, 유원아? 너 조금 진정해야 할 것 같아."

"신아야."

왜 갑자기 내가 신아 언니를 그렇게 불렀는지 나조차도 잠시간 이해하지 못했다. 하지만 한순간에 신아 언니의 눈빛이 변하는 것을 보고, 장난이었다고 말할 틈도 없이 신아 언니의 얼굴이 일그러지며 울먹이는 것을 보고 깨달았다. 내가 오랫동안 확인받고 싶었던 것을.

내가 신아 언니의 어깨에 손을 얹고 신아야, 신아야, 하고 부르자 신아 언니는 혼란스러운 표정을 하더니 이내 진저리를 치며 자리에서 벌떡 일어났다.

"야, 너 누구 흉내를 내는 거야. 깜짝 놀랐잖아."

"놀랐어?"

"그래, 다시는 그러지 마. 나는 방금 진짜로, 정말⋯⋯."

신아 언니의 목소리가 떨렸다. 애써 자제하고 있었지만 신아 언니는 진심으로 내 행동에 발끈한 것 같았다.

"우리 언니가 살아 돌아온 줄 알았어?"

"몰라, 정말 기분이 이상했단 말이야. 이런 꿈을 몇 번이나 꿨는지, 그래서⋯⋯."

신아 언니는 목이 메는 듯 말을 잇지 못했다.

"나는 원래 나밖에 몰라. 언니가 보기에도 그렇지?"

못된 말만 하게 되는 상황이 싫었다. 더는 참을 수가 없는 알량한 인내심도 한심했고 내가 선택할 수 있는 최선이 고작 이런 것뿐이라는 게 슬펐다.

"언니, 나는 율이가 좋아. 왜냐하면 내 지인 중에 우리 언니를 모르는 사람은 율이밖에 없으니까."

솜사탕같이 생긴 강아지 네 마리를 한 번에 산책시키는 할머니가 우리 앞을 지나갔다. 강아지를 보니 수현이 생각났다.

"그래서 안심하고 율이를 좋아할 수 있을 것 같아."

신아 언니는 벤치 아래 떨어진 나뭇잎을 주워 의미 없이 만져 댔다.

"그러니까 이건, 내가 지금까지 마음 놓고 언니를 좋아한 적이 없다는 뜻도 되는 거야. 나는 맨날 불안했어. 언니가 나를 통해서 다른 사람을 보고 있다는 걸 아니까."

전혀 몰랐던 사실인 것처럼 언니는 충격을 받은 표정이었지만 나를 향한 배신감이나 화가 느껴지지는 않았다.

"당분간 우리 보지 말자. 내가 자신감을 찾으면 언니 만나러 올게."

12

"유원아, 언니가 있으니까 좋지?"

"응."

"앞으로도 계속 놀아 줄까?"

"응."

"원이도 언니랑 놀아 줄 거야?"

"응."

"그래, 그러자."

13

아저씨는 나에게 뭐라도 먹여야 한다는 생각에 사로잡혀 있는 것 같았다. 나는 배가 부르다고 했지만 아저씨는 가까운 곳에 보이는 프랜차이즈 분식집을 가리키며 떡볶이와 순대를 먹자고 내 손목을 잡고 이끌었다. 평소 같았으면 그냥 이끄는 대로 들어갔겠지만 도무지 음식 냄새를 맡으며 아저씨와 마주 보고 있기가 싫었다. 순대가 나의 진지함을 흐린다는 생각도 들었다. 나는 가까운 곳에 있는 카페를 가리켰다. 아저씨는 향긋한 커피 향이 나는 밝고 환하고 깔끔한 카페, 푹신한 소파를 낯설어했다.

급한 일이 있는 것도 아닌데 오늘따라 왜 그리 다급하고 초조하게 쫓기듯 교실을 나섰을까. 나는 무슨 이유로 복도를 걸어 나오다가 아직 종례가 끝나지 않은 5반을, 5반 창가에 앉아 있는 수현을 바라봤는지. 어쩌다가 교문 앞을 서성이던 아저씨를 내가 발견하게 되었는지. 이 믿을 수 없는 우연을 설명하자면 오랜 시간 아저씨에게 시달리며 얻게 된 초능력이라고밖에 말할 수 없었다. 어찌 됐건 수현보다 내가 먼저 아저씨를 발견해서 다행이었다.

단둘이 마주 보고 앉아 있는 건 견디기 힘들 정도로 어색했다. 나는 카페 입구 근처에 앉아 오가는 사람들의 발목에 시선을 뒀다. 아저씨는 카페 종업원에게 대추차가 있냐 물었다. 카페에는 대추차도 쌍화차도 팔지 않았다. 나는 핫초코를 시켰고 재스민 티를 아저씨 앞에 뒀다. 아저씨는 여름에도 겨울에도 뜨거운 차를 마셨다. 건강을 생각해서 커피는 입에도 대지 않는다고 했지만 그렇다면 아저씨의 흡연은 어떻게 설명할 수 있을까. 아저씨는 하루에도 담배를 두 갑 이상 피우는 니코틴 중독이다.

내가 아저씨에게 가장 분노했던 때는, 아저씨가 우리 집 베란다에서 몰래 담배를 피우고 있던 것을 목격한 순간이다. 아저씨는 담배를 피우며 무의식적으로 식물들의 줄기를 꺾고 있었다. 아침저녁으로 아빠가 물을 주는 화분들이었다. 어떻게 우리 집에서 담배를 피울 수 있었을까.

교복을 입고 있는 나와 날씨에 전혀 맞지 않는 허름한 바람막이를 입고 있는 아저씨가 어떻게 보일지 신경이 쓰였다. 마주 보고 앉아 손깍지를 끼고 대화를 나누는 연인, 두꺼운 책을 보고 있는 아줌마, 나란히 앉아 노트북으로 영화를 보는 친구들. 다들 저만의 시간에 몰두해 있는 것 같았지만 분명 아저씨와 나를 수상하게 여기며 힐끔거리고 있었다. 나는 어서 대화를 끝내고 이 상황을 벗어나고 싶었다.

어떤 면에서는 내가 수현보다 아저씨에 대해서 더 잘 알고 있을 것이다. 아저씨는 지갑이 없다는 것, 새 돈을 반으로 접어서 사계절 내내 입는 야상 안주머니에 넣고 다닌다는 것, 생굴과 육회를 좋아한다는 것, 머리는 항상 삭발에 가까운 짧은 머리로 유지한다는 것, 그리고 가족 얘기를 하지 않는다는 것.

아저씨는 대화가 끊기는 게 어색한 건지, 정말로 할 말이 그렇게 많은지 알 수 없을 정도로 쉬지 않고 말을 이어 갔다. 아저씨는 지금껏 한 번도 하지 않았던 말을 하고 있었다.

"내가 노총각이라 일하던 곳의 사장님이 아가씨를 소개해 줬지. 그게 수현 엄마였어. 수현이 걔가 어릴 때 몸이 많이 약했어. 오냐오냐 키웠더니 버릇이 없지."

수현에게 무슨 말을 하려고 온 건가요. 끼어들지 말라고 했던 그 애 말을 금세 잊으셨어요? 말을 삼키며 나는 열쇠로 손바닥을 긁었다. 그래도 같은 체온을 가진 사람과 마주 보고 앉아 있는 건데 어떻게 이렇게 마음이 차가울 수 있을까. 어째서 이토록 삭막할까 궁금했다.

"유원아, 엄마에게 얘기 들었지? 촬영 말이다."

"네."

"아저씨가 생각을 해 봤는데 물론 자연스러운 모습을 담는 것도 좋지만 그래도 텔레비전 프로니까 어떤 강력한 메시지를 전달하는 장면을 하나 정도 넣는 게 좋을 것 같아. 울림을 주는 감동적인 장면 말이다. 같이 등산을 가는 게 어떠냐? 가파른 곳에서는 유원이가 아저씨 도와주고, 아저씨는 높고 깊은 산으로 가는 길을 알려 주고. 역경을 딛고 당당하게 살아가는 사람들, 그런 희망적인 거 말이다."

나는 아저씨의 눈을 피해 창가로 고개를 돌렸다. 그때 대각선 방향에 앉은 여자와 눈이 마주쳤다. 우연인가 싶었지만 그녀의 시선이 꽤 오래 나를 향해 있었음을 느낄 수 있었다. 대학생처럼 보이는 여자는 눈빛으로 내게 어떤 말을 전하고자 했다. 이를테면 도와줄까요, 같은. 그 언니는 ― 어느새 언니가 되었다 ― 등만 보이는 아저씨를 손가락으로 가리키며 괜찮은 게 맞냐고, 도와주지 않아도 되냐고 계속 사인을 보냈다. 나는 타인의 관심에 새삼스럽게 고마웠다. 눈을 두 번 깜빡여 괜찮다고 대답했다. 그제야 그 언니는 안도하는 표정으로 고개를 끄덕이고 다시 노트북으로 시선을 옮겼다.

열쇠로 손바닥을 긁다가 문득 손바닥 깊숙이 밀어 넣어 잠겨 있던 기억을 열었다. 수현이 열어젖힌 옥상의 하늘이 생각났다. 수현이 아니었으면 몰랐을 바람. 먼지 가득한 창고. 노을과 애드벌룬, 오랜 기다림. 마음껏 미워할 수 있는 용기를 주는 목소리들.

"우리가 같이 높은 곳에 올라서 야호도 하고, 산 위에서 서로 해 주고 싶은 말도 하고, 신년 계획도 세우고. 그림이 참 좋지 않겠냐."

그러나 미워하지 않으려면 어떻게 해야 하는지를 생각했다. 햇볕을 쬐면 살이 타는 것처럼 아저씨를 만나면 마음 어딘가가 화끈거렸다. 벗어나야 했다.

"아저씨."

"응?"

"방송 출연은 힘들 것 같아요."

"왜? 학원 때문에?"

아저씨가 눈에 띄게 서운하고 실망스러운 표정으로 말했다.

"아니요, 학원 때문은 아니에요. 아저씨, 저도 당당해지고 싶어요. 편해지고 싶어요."

아저씨의 표정과 상관없이 말을 이어 나갔다. 아저씨는 내 말을 끊지 않았지만 당황한 표정을 지었다. 이 상황을 이해하지 못하는 것처럼 보였다.

"수현이가 그렇게 사는 법을 알려 줬어요."

수현의 이름을 꺼내자 아저씨가 이마를 찌푸렸다.

"그때, 제가 너무 무거웠죠. 제 무게를 감당하지 못해서 다리가 으스러진 거잖아요. 죄송해요. 제가 무거워서, 아저씨를 다치게 해서, 불행하게 해서."

"너······."

"그런데 아저씨가 지금 저한테 그래요. 아저씨가 너무 무거워서 감당하기가 힘들어요."

나는 눈을 피하지 않았다. 아저씨는 저런 눈을 하고 있구나. 목소리만큼 크고 위협적이지 않았다. 누렇고 흐리멍덩해 보였다. 아주 오랫동안 잠을 자지 못한 것 같았다.

"······그래."

한참 후에 아저씨가 힘겹게, 숨을 고르듯 말했다. 너무 작은 목소리라 내가 듣고 싶은 대로 들은 게 아닌지 의심을 불렀다.

갑자기 창밖에 비가 내렸다. 요 며칠 가을비가 내렸다 그쳤다를 반복하고 있었다. 우산을 챙기라던 엄마의 목소리가 기억났다. 등교할 때는 비 올 기미가 없어 놓고 왔다. 엄마 말을 귀담아들을걸.

죄책감의 문제는 미안함으로만 끝나는 것이 아니라 합병증처럼 번진다는 데에 있다. 자괴감, 자책감, 우울감. 나를 방어하기 위한 무의식은 나 자신에 대한 분노를 금세 타인에 대한 분노로 옮겨 가게 했다. 그런 내가 너무 무거워서 휘청거릴 때마다 수현은 나를 부축해 주었다.

아저씨와 나는 카페에서 틀어 주는 재즈 음악 속에 우두커니 앉아 시간을 견디고 있었다.

"갑자기 비가 너무 많이 오네. 우산은 가지고 왔냐."

짐짓 아무 말도 듣지 못했다는 듯 아저씨가 말했다. 오 분 전의 대화는 전부 잊어버린 것처럼.

"아니요, 편의점에서 사면 돼요."

"비가 조금 잦아들면 나가자."

오늘 밤 내내 비가 올 것이라는 사실을 알고 있다. 하지만 아저씨에게 사실을 알릴 엄두가 나지 않았다.

정현에게서 문자가 왔다.

─누나. 어디?

아저씨는 담배를 피우고 오겠다고 말하고 흡연실로
갔다.

─누나, 우산 없지? 학원이야? 이따 내가 데리러 갈까?
─학원 아니야.
─그러면?
─사거리 카페. 'Sleep.'
─누구랑?
─그냥. 혼자. 삼십 분 후에 데리러 와 줄래.
─응.

흡연실에 다녀온 아저씨는 드디어 쉽게 그칠 비가 아니
라는 걸 받아들인 것 같았다.
밖으로 나와 아저씨는 종이 백에 있던 접이식 우산을
펴 내게 건넸다. 우산살이 하나 부러져 한쪽이 구부러진
우산이었다. 손잡이 부분은 녹슬어 있었다.
"쓰고 가."
"아니에요."

아저씨는 우산을 나에게 씌워 주려 더 가까이 다가왔다.

"이거 다 산성비야."

"괜찮아요. 친구가 데리러 오기로 했어요."

우산에서 녹물이 흘러내려 옷을 적실까 봐 나는 우산 밖으로 뒷걸음질 쳤다.

아저씨는 잠시 나를 바라보더니 그래 알았다, 하고 말했다. 그래, 아저씨는 오늘 유난히 내 말에 수긍을 잘 하는 듯했다.

"어디로 가니?"

"지하철역으로요."

"아저씨는 요 앞에 집까지 바로 가는 버스가 있어서 그거 타고 간다."

"네."

"날도 어두워졌는데 조심히 가라."

"네. 들어가세요."

아저씨는 나를 등졌다가 갑자기 우뚝 멈춰 서더니 다시 뒤돌아섰다.

"유원아."

"네?"

아저씨는 무슨 말인가를 고르고 있는 것 같았다. 나는 빗소리를 들으며 잠시 기다렸다.

"너, 별로 안 무거웠다. 그냥…… 사람 몸은 원래 약하다. 다 잊어버려라."

그렇게 말하고 아저씨는 마치 아무 일도 없었던 사람처럼 앞으로 걸어갔다.

아저씨가 잊으라는 것은 무엇일까. 오늘 부탁한 텔레비전 출연? 혹은 지금껏 아저씨가 내 주변을 맴돌며 했던 행동들? 설마 우리의 모든 것이 시작된 그날까지를 포함하고 있는 걸까?

나는 정현을 기다리는 동안 카페 차양 밑에 있기로 했다. 아저씨가 절뚝거리며 멀어지고 있었다. 아저씨는 한 손으로 우산을, 다른 손으로는 종이 백을 들고 있었다. 종이 백에는 용도를 알 수 없는 잡지책이 가득 들어 있었다. 종이 백이 물에 젖어 찢어지기라도 하면 어쩌지. 정류장까지 짐을 들어 드릴걸 그랬나, 뒤늦게 생각했다. 지금 뛰어갈까. 머릿속으로 생각만 하며 이미 흠뻑 젖은 아저씨의 뒷모습을 보고 있었다.

아저씨는 신호가 오 초밖에 남지 않은 횡단보도를 달렸다. 아무리 빨리 달린다 해도 오 초 안에 건널 수 없을 것이었다. 빨간불로 바뀐 후 잠시 동안은 차들이 아저씨를 기다려 줬지만 금세 참지 못하고 위협적으로 경적을 울려댔다. 그 순간만은 나보다 그들이 더 아저씨를 증오하는 것 같았다. 아저씨는 아랑곳 않고 횡단보도를 건넜고 이내 트럭과 버스가 출발하며 아저씨 모습을 가렸다. 아저씨가 미움에 익숙한 사람이어서 마음이 욱신거렸다.

"여기서 뭐 하고 있어?"

정현이 어디선가 나타나 내 시선을 가렸다.

솔직하게 말할 수가 없었다.

"그냥 있었어."

"누나, 왜 울어?"

"묻지 마."

"알았어."

정현은 파라솔이라고 해도 믿을 만큼 커다란 우산 속에 있었다. 우리는 집으로 걸었다. 파라솔만 한 우산을 썼는

데도 운동화가 금방 젖어 양말까지 축축해졌다. 비가 사
선으로 내리니 피할 수가 없었다. 울고 있어도 하나도 티
가 나지 않아 다행이었다.

14

　화분에 물 주는 소리에 잠에서 깼다. 기분 좋은 아침이
었다. 이 꽃 이름이 뭐야? 노란 꽃을 가리키며 아빠에게
물었다. 베란다 한구석을 오래 차지하고 있던 식물인데도
이름을 알 수 없었다. 그러고 보니 화분에 꽃이 핀다는 사
실도 모르고 있었다. 감기로 몸이 으슬으슬했지만 기분은
나쁘지 않았다.

　열이 나니 사방에서 먼지 같은 것들이 속삭이는 것 같
았다. 말을 걸고 싶으면 웅얼거리지 말고 또박또박 분명
하게 말해! 소리치고 싶은 심정이었다.

　먹지 않으면 괜히 시위하는 것처럼 보일까 봐 나는 엄
마가 가져온 밍밍한 죽을 남김없이 먹었다. 먹기 전에는

먹으면 토할 것 같은 느낌이었는데 막상 배가 든든해지니 비참하다는 생각이 더 이상 안 들었다.

엄마가 출근하고 아빠는 집에 있었다. 엄마에게서 나를 보라는 임무를 받은 것 같았다. 침대에서 눈을 뜨자 아빠가 보였다. 내게서 등을 보인 채로 내 책상 위를 살피고 있었다. 책상 위에 뭐가 있더라. 문제집과 교과서 외에는 아무것도 없는데. 나는 일기장이나 핸드폰을 아무 데나 둬서 엄마 아빠를 시험에 들게 하는 딸이 아니었다.

아, 사진. 신아 언니에게서 받아 온 언니 사진이 있었다. 언니와 반 친구들이 중학교 졸업 때 찍은 사진이라고 했다. 일고여덟 명이 학교 건물을 배경으로 함께 찍은 사진이었기 때문에 언니에게 초점이 맞춰져 있지는 않았다. 신아 언니는 그걸 친구에게 얻어 왔다고 말했다. 우리에게 주는 것이 아깝지 않은 걸까. 신아 언니는 추억이 될 만한 모든 것을 아낌없이 우리 가족에게 내어 주고도 아쉬워하지 않았다.

아빠와 단둘이 집에 있을 때는 뭔가 어색했다. 엄마 아빠와 함께 집에 있거나 엄마만 있을 때는 방 안에 가만히 틀어박혀 있어도 아무렇지 않았는데 아빠와 나만 있다는 걸 알면서도 방 안에만 있으려니 왜인지 아빠를 무시하는 것 같았다. 얼마간 거실에 앉아 아빠와 몇 마디 나눈 후에 과일이라도 거실 테이블에 올려 둔 뒤, 잠이 오는 연기를 하고 나서야 방에 들어왔다. 그래야 마음이 조금 편해지면서 할 만큼 했다는 기분이 들었다.

엄마가 내 생각을 조금도 하지 않고 언니 얘기를 자주 불현듯 꺼내는 것에 비해 아빠는 내가 기억하는 한 단 한 번도 목적 없이 언니에 관한 이야기를 꺼내는 법이 없었다. 잊어버린 게 아닐까 싶을 정도였지만, 그보다는 어색하다 싶을 만큼 의식적으로 언니 이야기를 피했다.

"아빠."

아빠는 잘못을 들킨 사람처럼 깜짝 놀라며 뒤를 돌아보았다.

"이제는 진짜 염색해야겠다. 할아버지 같아. 엄마보다 훨씬 나이 들어 보여."

"네가 안 해 줘서 그렇잖아. 좀 해 줘."

나는 순순히 그러겠다고 말하지 않았다. 그냥 미용실에

가면 될 텐데.

"아빠는 아저씨가 좋아?"

아빠는 내가 무슨 말을 하려는지 잘 모르겠다는 표정으로 바라봤다. 그러다가 몇 초 뒤에야 깨달은 듯 고개를 끄덕였다.

"감사하지."

"나도 감사는 해."

"고마운 분이잖아, 원아."

"아빠가 제대로…… 제대로 처신했다면 나는 아저씨에게 더 고마워했을 거야. 아저씨한테 나쁜 감정 안 가지고 평생 고마워만 할 수 있었을 거야."

태어나서 '처신'이라는 말을 처음 내뱉어 본 것 같았다. 나는 내가 그런 단어를 알고 있었는지도 몰랐기 때문에 적절한 표현인지 판단하기 힘들었다.

"아빠가 지금까지 신경 썼던 건 그런 것뿐이지? 아저씨가 자기 선택을 후회하지 않도록 하는 것?"

아빠는 약간 얼떨떨한 얼굴로 나를 바라보았다.

"엄마 아빠가 계속 아저씨를 그렇게 대하면, 나는 내가

다 망쳐 놓았다는 생각에서 자유로울 수 없어. 이제부터는,

제발 그러지 마."

15

"이번에는 진짜 내가 사과해야 할 상황인 것 같아서."

"이번에는 안 헷갈리디?"

"별로."

수현은 내게 핼쑥해졌다고 말했다. 그럴 리가 없는데. 며칠 앓았다고 살이 쉽게 빠질 리가 없었다. 우리는 또다시 옥상이었다.

"너보다 우리가…… 더 많은 시도를 했을 거라는 걸 왜 생각 못 해."

"미안해."

"따로 산 지는 오래됐는데 이혼 서류에 도장 찍은 지는 이 년도 안 됐어. 아빠가 원하지 않았더라도 소송까지 가면 충분히 가능하다고 외삼촌이 그랬는데…… 실은 엄마가 버티고 있던 거였어. 그거 알아? 우리나라는 이혼을 하게 되면 되게 혜택이 많아. 한부모 가정 지원 대상 가구로 선정되면 급식도 공짜로 먹을 수 있고, 이동 통신 요금이랑 전기세도 감면돼. 대출을 받을 때도 이자가 낮아진대. 임대 주택을 특별 공급으로 받을 수도 있어. 일찍 이혼을 했으면 더 좋았을 텐데 엄마는 안 그랬어. 아빠가 개조될 수도 있다고 생각했던 걸까? 회피였을 수도 있을 것 같아. 그래도 아직 모른다, 같은……."

아직 모른다. 얼마나 많은 사람들이 비슷한 종류의 희망을 붙들고 살아가고 있을까.

"아빠는 내가 엄마를 부추겨서 엄마가 이혼을 결심한 줄 알아. 그래서 나를 미워해. 내가 이혼하라고 여러 번 설득한 건 사실이지만 이혼 서류에 도장을 찍은 건 엄마 선택이었어. 어느 날 정현이랑 나랑 엄마랑 저녁을 먹고 있는데 엄마가 그랬어. 아 맞다, 엄마 오늘 이혼했다, 그렇게 대수롭지 않게. 놀라지는 않았는데 갑자기 왜 그런 결심을 했는지 궁금하긴 했어. 물어보니까 엄마가 그러더

라? 같이 일하는 누구 엄마한테 들었대. 입시에서 '고른
기회 전형'이라는 게 있다 그래서, 어쩌면 내가 그 혜택을
볼 수 있지 않을까 싶어서 해 버렸대. 아빠한테도 똑같이
말했대. 수현이한테 해 준 거 하나도 없는데, 이거라도 해
줘라. 그러면 십 년 치 양육비 받은 걸로 치겠다, 그러니까
아빠가 아무 대꾸 없이 도장 찍어 주더래."

"내가 너무 몰랐어."

"내가 할 말은 아닌데, 그렇다고 우리 아빠 너무 미워하
지 마. 미움 할당량은 거의 다 채웠을걸. 나랑 정현이가 차
고 넘칠 만큼 미워했어."

우리는 단풍이 들어 봄보다 훨씬 화려해진 학교를 둘러
보았다. 아름다웠다. 우리가 처음 만났던 하루가 생각나는
날이었다.

"너랑 있으면 그래도 아빠를 손톱만큼은 칭찬해 주고
싶어져. 진심이야."

수현이 나를 안심시키듯 말해 주었다.

16

그 후로 아저씨는 오지 않는다. 영문을 모르는 엄마는 아저씨가 누군가에게 쫓기고 있을지도 모른다고 말했다. 모르긴 몰라도 돈으로 안 좋게 엮인 사람이 한둘이 아닐 거라며, 그러지 않고서야 그 양반이 이렇게 오랫동안 모습을 안 보이는 게 이상하다고 했다.

"참…… 그 양반도. 언젠가 이리 되지 않을까 생각은 했어. 그렇게 마지막이라고 얘기했는데."

엄마가 흥 비슷한 걸 보는 것도 처음 봐서 신선했다. 선비인 줄로만 알았던 친구가 뒤에서 담배를 피우는 장면을 목격한 느낌이라고나 할까. 그런데 엄마는 은연중에 자기가 목소리를 낮추고 있다는 사실을 알까? 여기 누가 있다고.

'원래 그런 사람이었어.'

원래 그렇게 엉망이었다고, 그날 사건이 어느 정도 작용을 하긴 했겠지만 훨씬 이전부터 금이 가 있었다고. 그렇게 수현이 증언해 주어서 고마웠다. 좋았다. 수현에게는 미안하지만.

"엄마."

"왜."

"내가 언제부터 좋았어?"

"처음부터 좋았지. 저번에도 묻더니."

맞다. 나는 예전에도 엄마에게 물은 적이 있다. 엄마, 엄마는 내가 언제부터 좋았어? 그때도 엄마는 말했다. 태어나기 전부터 좋았지.

나를 알기도 전에 나를 좋아하는 사람이 있다는 건 신기한 일이다. 나를 뭘 보고 좋아한다는 거지? 내가 어떤 애가 될 줄 알고? 아닌가. 오히려 어떤 애가 될 줄 잘 모르니까, 몰라서 좋아할 수 있는 건가. 내가 이렇게 자랄 줄 미리 알았어도 엄마가 나를 좋아했을까.

엄마가 무작정 나를 믿을 때마다, 엄마의 믿음이 언니로부터 비롯되었음을 느낀다. 이제는 그것이 나쁘지만은 않다.

"엄마는 내가 커서 뭐가 됐으면 좋겠어?"

"글쎄."

엄마는 내심 내가 선생님이 되기를 바랐었는지 의사, 선생님, 사회복지사는 거부한다고 선언했을 때 아쉬운 표정을 감추지 못했다. 내 성적이 부족하다는 건 꿈에도 생각 못 하는 엄마라서 좋았다. 식당 이모들이 3박 4일 동남아 여행을 가서 엄마는 집으로 손질할 재료들을 가져왔다. 나는 엄마 곁에 앉아 텔레비전을 보며 콩나물을 다듬거나 생강을 깎거나 양파 껍질을 깠다. 이제 좀 익숙해져서 일에 속도가 붙었다.

"건강하게만 자라다오, 그래서 일단 건강하게 자랐어. 그리고 그다음은?"

"엄마 근처에 있을 수 있는 사람이 됐으면 좋겠어. 너무 먼 지방이나, 해외로는 안 갔으면 좋겠어. 대학도 그렇고 직장도 그렇고."

"그거 되게 힘든 거야, 엄마. 지금 인서울 하라는 말 돌려서 하는 거야?"

그런 건 아니라며 엄마는 웃었다.

"그냥 보고 싶을 때 엄마가 찾아갈 수 있는 거리에 있고, 휴가 같은 거, 연차 쓸 때 눈치 안 주는 직장이었으면 좋겠고. 원아, 이거 다 먹을 수 있는 건데 왜 버리는 거야. 콩나물 꽁지는 약간만 자르면 된다니까?"

"알았어, 알았어. 근데 엄마 직장은 안 그래? 엄마 직장은 엄마가 사장이잖아. 홀 매니저가 말을 안 들어? 내가 아빠 혼내 줄까?"

"엄마 직장만 안 그런 게 아니라 대부분 다 안 그래. 직장 다니면 상사 눈치 봐야 되고, 식당 장사는 손님들 눈치 봐야 되고 그런 거지. 이제 양파 껍질 까."

나는 물안경을 끼고 양파 껍질을 깠다. 나름의 노하우였다.

"뭐, 오 년 후나 십 년 후에는 세상이 더 좋아지겠지."

"그래. 엄마도 그랬으면 좋겠네."

엄마는 머뭇거렸다. 엄마도 나에게 하고 싶은 말이 있

을 것 같았다.

"원아, 내년이나 내후년에 식당 이전 하려고."

"왜? 또 보증금 올려 달래?"

"아니, 그런 거 아니야."

"그러면 갑자기 왜."

"더 넓은 곳으로 가려고. 예전부터 계속 생각은 하고 있었는데, 사정이 좀 나아져서 내년 말 정도로 생각하고 있어."

"진짜? 좋은 일이네."

"다른 기사 식당들이 얼마나 많아. 우리 가게 앞은 차 댈 곳이 변변치 않잖아. 기사 식당인데 주차장이 마땅치 않다는 건 엄청난 흠이거든. 그런데 기사 아저씨들이 찾아와 줘서 우리 가게가 지금까지 유지된 거야."

"엄마, 그건 그냥 우리 식당 밥이 맛있고 싸서 그런 거야. 반찬 리필을 몇 번이나 해도 웃으면서 더 주고 더 주고 하니까 오는 거라고."

"물론 그런 것도 있겠지. 하지만 그런 집이 우리 집뿐이겠어."

몇 년째 백반 정식 가격이 그대로인 집은 아마 우리 집 뿐일 텐데. 오래전에 엄마의 장사 철학을 인정하기로 했기 때문에 나는 말을 더 보태지 않았다.

"원아, 진석 아저씨도 트럭 운전사였잖아. 알지?"

갑자기 그 말은 왜 하는 걸까.

"기사가 기사 식당에 밥 먹으러 오는 건 당연한 거야. 엄마는 그렇게 생각하려고 해. 이 사람은 부산까지 다녀온 사람이다, 해남까지 다녀온 사람이다, 그래서 너무 고단한 사람이다. 그러면 잘 대접하고 싶어져."

겨우 해남이라니. 엄마 같은 사람이 한 사람만 더 있었다면 아저씨는 트럭을 몰고 달나라까지 갔을 것이다.

엄마는 탐탁지 않은 내 표정을 읽었는지 웃음을 터뜨렸다. 양파 때문인지 엄마의 눈가가 붉어져 있었다.

17

　정현과 나는 일요일마다 스터디 룸에서 함께 공부했
다. 수현에게 함께 하자고 권하기도 했지만 그 애는 늘 기
권이었다. 정현은 나름대로 열심히 성실하게 공부를 하는
것 같은데도 성적이 생각만큼 오르지 않았다. 내가 빌려
준 족집게 노트만 열심히 봐도 풀 수 있는 문제를 아깝게
틀리곤 했다. 그래서 차라리 정현이 학교 공부에 쏟는 노
력을 지금부터라도 연기에 쏟는 게 낫지 않을까 혼자 생
각했다. 아무리 상상을 해도 정현이 카메라 앞에서 연기
를 하는 상상이 잘 되지 않아서, 정현은 대체 어떤 사람이
되고 싶어 하는 건지 궁금해서 나는 질문했다.

　"너는 배우가 되면 어떤 역할을 해 보고 싶어?"

"어떤 역할?"

"최대한 구체적으로 목표를 잡는 게 좋잖아. 물론 연기의 폭이 넓은 게 좋기는 하겠지만 배우에게도 자신에게 최적화된 역할이라는 게 있잖아?"

"나는…… 악역. 그러니까 다른 사람들이 악역이라고 부르는 어떤 배역을 맡고 싶어. 내가 그 사람이 되어 보고 싶어. 누나 「노인을 위한 나라는 없다」라는 영화 봤어?"

"영화 프로에서 대강."

"거기에 나오는 하비에르 바르뎀이라는 배우를 좋아해. 안톤 시거 역할. 그러니까……."

"그 공기총 들고 다니는?"

"맞아."

"좋다고는 하던데 난 좀 찝찝하더라. 내가 이해를 못 하는 걸 수도 있지만 너무, 뭐랄까. 맥락이 없어. 왜 이러는 거지? 아니 왜? 이러면서 봤던 것 같아."

"나는 그런 면이 끌리던데. 청소년 관람 불가인 것도 좋고. 원래 영화 별로 안 좋아하거든. 집중이 잘 안 돼. 두 시간 가까이 꼼짝없이 앉아 있는 게 힘들어. 드라마가 좋아."

주말쯤 수현에게 영화표가 세 장 생겼다고 말할 예정이었다. 한 장이 남으니 정현도 같이 데리고 가자고 할 예정이었는데 미리 알아서 다행이었다.

"어떤 면이?"

누군가를 죽여 보고 싶다는 걸까. 화를 내 보고 싶다는 걸까.

"안톤 시거라는 인물은 동기가 없잖아. 왜 악인이 되었는지 같은 건 설명해 주지 않아. 왜 사람을 함부로 죽이고 왜 죄책감을 느끼지 않는지, 어떻게 모든 순간에 그렇게 가차 없을 수 있는지 같은 것도. 근데 살인까지는 가지 않더라도 이해가 되지 않는 행동을 하는 사람이 우리 주위에도 종종 있잖아. 도저히 이해가 안 되는 사람을 이해하려는 노력을 하는 것 자체가 바보 같은 일이라는 생각이 들었어. 영화에서는 시거를 사이코 킬러라고 부르는데 나는 시거 같은 사람은…… 그냥 돌멩이 같은 거라고 생각해."

"돌멩이?"

"교회 주차장에 깔려 있는 자갈 같은 거 말이야. 뾰족뾰족하고 거칠고 다듬어지지 않은 것들. 그냥 그런 상태인 거야. 처음부터 그렇게 태어났는지는 모르겠지만 아무튼 그런 상태인 거야. 거기에 내가 넘어져서 긁히고 베여도 화를 내는 게 무의미한 거야. 내가 돌멩이를 이해하려는 노력도 무의미한 거고, 돌멩이가 내 감정을 이해해 주지 않을까 기대하는 것도 무의미한 일인 거야."

무슨 말인지 알 것도, 모를 것도 같았다. 그런데 얘가 원래 이렇게 생각이 많았나?

"무슨 말인지 모르겠지? 그냥 그런 인물이 되어 보고 싶어. 한 번 정도는 말이야. 사람들이 도저히 이해하지 못하는 인물 말이야. 행동의 의미가 도무지 이해가 안 되어서 오히려 백 가지로도 천 가지로도 해석될 수 있는 그런 인물."

정현은 이런 식으로 노력해 왔구나.

나는 고개를 끄덕였다. 우리는 각자가 각자의 자리에서 건강하게 자라나게 될 것이라는 생각이 들었다.

18

나는 정신없는 하루하루를 보내고 있었다. 사실은 학원의 빈틈없이 빡빡한 스케줄 대로 움직이고 있어서 뭔가를 생각할 겨를도 없었다. 아침을 먹고 학원에 간 뒤, 내내 거기에 있다가 해가 지고 나서 집으로 돌아오는 길에 춥구나, 하루가 길구나, 할 뿐이었다. 학원에서 보내는 시간 덕분에 두려움을 잊을 수 있었고 그래서 학원을 빠질 엄두가 나지 않았다.

수현 역시 바빠 보였다. 내게 두 번 정도, 주말에 하는 무슨 시위와 봉사 활동에 나가지 않겠느냐고 권했지만 나는 바쁘다는 이유로 응하지 않았다. 한번 나가기 시작하면 금세 수현에게 설득될 것 같아서 두려웠다. 수현이 하고 싶은 게 뭔지, 만들고 싶은 세상이 뭔지 어렴풋이 짐작만 갈 뿐 구체적으로 묻지 않았다. 다만 수현 같은 사람이 혜화나 광화문에 오만 명, 육만 명이 있다는 사실에는 마음이 울렁이면서도 죄책감이 들어 학원에 갈 때는 최대한 핸드폰을 두고 다녔다. 당연하게도 수현과의 대화는 뜸해졌다.

뜸하다는 것이 소원해졌다는 건 아니다. 우리는 그래도 일주일에 한 번씩은 시간을 내서 봤다. 그러지 않으면 몸인가 마음인가 경계가 희미한 어느 곳이 뻐근하게 느껴질 정도였다. 학원 끝날 때쯤 시간을 맞춰 수현이 학원 앞에서 나를 기다리곤 했다.

수현과는 지금도 다른 반이니까 3학년 올라가서 다른 반이 될까 봐 불안해할 필요가 없어서 좋다. 다른 반이 되어도 지금만큼의 거리는 유지할 수 있을 것이다. 그것이면 충분했다. 사실 3학년 때도 수현이 다른 반이었으면 좋겠다. 복도의 끝과 끝에 위치해 있었으면 좋겠다. 수현과 함께 있으면 공부를 제대로 못 할 것이다. 재밌는 일이 너무 많고 할 말이 많아서 수업 시간에도 킥킥거리며 쪽지를 돌리다가 선생님의 눈총을 받을 것이다. 상상만 해도 즐거웠다.

"이상인, 이상인!"

내가 올 한 해 본 애들 중에서 가장 한결같은 학생인 이상인이 자다가 몸을 일으켜 나를 쏘아보았다. 나는 인정머리 없는 애가 되지 않기 위해 눈을 피하지 않고 말했다.

"중앙난방 꺼졌는데. 곧 있으면 추워질 것 같은데? 집 가서 자는 게 나을 것 같은데⋯⋯."

이상인은 주위를 둘러보더니, 그제야 추위를 느꼈는지 몸을 부르르 떨었다. 그러더니 다시 풀썩 엎드렸다.

나는 패딩을 입고 지퍼를 잠갔다. 가방을 마저 챙겼다.

"유원, 너 나한테 처음으로 말 걸었네."

이상인이 엎드린 채 꿈결에 말하듯 중얼거렸다.

"그랬나?"

"앞으로도 집 가기 전에 나 깨워 주라."

내가 왜 그래야 하는지 물으려다가 그래, 그게 뭐 어려운 일이라고, 그까짓 거 해 주지 뭐, 생각했다. 너그러워진 것 같아서 기분이 좋았다.

"알았어. 근데 너 왜 그렇게 자? 공부? 아님, 게임?"

"알바."

"뭐?"

"알바한다고, 편의점. 사거리 PC방 밑에 있는 거. 너 학원 끝나고 가는 길에 들르면 폐기 줄게."

"잘됐다, 그 시간에 출출한데. 고마워."

이상인은 대답 없이 다시 벽 쪽으로 고개를 돌렸다. 아니, 천천히 깰 준비를 했다.

19

겨울 방학이 시작되자 수현과 정현은 남해 할머니 댁에 다녀온다고 했다. 태어나서 남해는 한 번도 안 가 봤다고 했더니 두 사람은 번갈아 가며 나에게 남해가 얼마나 좋은지 세뇌시켰다. 그 결과 나는 남해군의 특산물이 마늘종과 쌀과 시금치라는 것을, 맛집이 많다는 것을, 우리나라에서 제일 넓고 아름다운 패러글라이딩 활공장이 있다는 것을 알게 되었다.

어쩌다 보니 내 생일에 맞춰 함께 남해에 가게 되었다. 두 사람은 내 생일을 일주일 앞두고부터 생색을 내기 시작했다. 기대하라는 둥, 복 받은 줄 알라는 둥, 기대감을 한껏 높여 놔서 나는 나중에는 뭘 해 주려고 이러나, 기대보다 시시한 선물이면 어떤 표정을 지어야 하나 불안하기까지 했다. 결론적으로 말하면 상상도 못한 선물이 되었다.

높은 곳에 서려면 언제나 용기가 필요했다. 나는 옥상에서 아래를 볼 때 느끼는 감정을 단순하게 불안함과 공포라고 여겼다. 다리가 후들거리고 식은땀이 나는 건 잠재의식 속에 사고에 대한 감각이 남아 있기 때문이라고 생각했다. 기절이라도 할까 봐 지레 겁먹고 놀이 기구는 엄두도 못 냈다. 그러나 이곳에 서 보니 확실히 알 수 있었다. 나는 이런 걸 무서워하지 않는구나. 나는 오히려 이런 걸 좋아하는구나. 이곳에서 느끼는 감정은 설렘과 기대감, 혹은 전율이라고 불러야 마땅했다.

우리는 차를 타고 산꼭대기까지 올라갔다. 야트막한 산이라고 해도 산은 산이라 바다와 모래사장과 바닷가 마을이 한눈에 보였다. 나는 이름과 주민 등록 번호를 적었다. 혹시나 사고가 나면 보험 처리를 해 준다고 했다. 여기서 사고가 난 적이 있느냐 물으니 접수를 해 주는 언니는 싱긋 웃었다. 웃음의 의미는 뭘까. 그래서 다친 사람이 있다는 거예요, 없다는 거예요?

"괜찮지?"

수현이 빙긋 웃으며 물었다. 나를 놀리는 것 같기도 했다.

"기대가 되긴 하는데 나만 한다고 생각하니까 뭔가 벌칙받는 느낌도 들고 그러네."

"야, 이거 비싸서 우리 다 못 해."

정현과 수현이 용돈을 보태서 예약을 해 줬다. 내가 보탠 돈은 오만 원 남짓이었다. 비용과 상관없이 정말 고마운 마음이 들었다.

"천천히 내려와. 우리는 차로 내려갈게."

나는 수현을 붙잡고 말했다.

"대학 가면, 우리 대만으로 여행 가자."

"왜 하필 대만?"

"대만은 우리나라보다 패러글라이딩 가격이 훨씬 싸대. 경관 좋은 곳도 많고."

"그래, 그러자."

"수현아, 나 할 말 있어."

수현이 무슨 말이든 들어주겠다는 듯 고개를 끄덕였다.

"내 이름의 뜻이 뭔지 알아?"

"뭔데?"

"원하다 할 때 원이야. 원하다, 희망하다, 그런 뜻이야. 원(願)."

"그래서?"

"언니가 나를 원했대. 엄청 기다렸대. 그래서 원이라고 지은 거래."

"대단하네."

수현이 잠깐 웃고 나를 끌어안았다.

"잘 다녀와. 우리는 내려가 있을게."

정현과 수현이 먼저 차로 출발했다.

"떨려요?"

패러글라이더가 안전장치를 매 주며 물었다.

"네."

패러글라이더와 함께 나는 도움닫기로 10미터쯤 달렸다. 장비의 무게가 무거워 사실은 거의 끌려가는 거나 마찬가지였다. 주춤할 틈도 없이 절벽 아래로 뛰어내렸다. 아차, 하는 순간 나는 이미 날고 있었다. 어딘가의 바깥에서 드디어 안으로 들어온 느낌이 들었다. 바람의 저항을 받았다. 이렇게 가벼워져 본 적은 처음이었다. 아래로 울창한 숲이 펼쳐지다가 어느샌가 바다 위를 날았다. 바다가 이렇게 넓구나. 바닷물은 푸르게 반짝거렸다. 패러글라이더가 내 뒤에서 나를 단단히 받쳐 주고 있었지만 그 순간 나는 처음으로 온전히 내가 혼자라는 생각이 들었다.

나는 먼 지평선을 바라보았다. 구불구불한 해안선이 펼쳐졌다. 계속 이곳에 있고 싶다. 아득해졌다. 벌써 오랫동안 하늘에서 살아온 것 같았다. 내가 그렇게 생각하는 순간 내 겨드랑이, 갈비뼈 부근이 가려워졌다. 처음에는 가렵다고만 생각했는데 뽀드득거리는 소리가 났다. 겨울에 첫눈을 밟는 소리였다. 그런 깨끗한 소리를 내며 무언가가 내 옆구리를 뚫고 나왔다. 패러글라이더는 어느샌가 사라져 있었다. 어깨에 짊어지고 있던 거추장스러운 장비를 풀어서 밑으로 던져 버렸다. 몸이 더 가벼워졌다. 공중에서 방향을 잡지 못하고 잠시 빙글빙글 돌았다. 바다 표면과 부딪칠 것 같다고 생각하는 순간 가까스로 다시 하늘로 솟구쳐 올랐다. 나는 높이를 모르고 계속 구름과 가까워지고 있었다.

언니를 생각하니 언니가 내 위에 앉아 있었다.

"언니, 하나도 안 무섭지?"

"응."

나는 처음으로, 그리고 진심으로, 언니의 용기를 닮고 싶었다. 이 모든 것들을 누리게 해 준 언니를.

나는 새롭게 태어나는 기분이었다.

정신을 차려 보니 천천히 지상이 가까워지고 있었다. 벌써부터 아쉬웠다. 기다리고 있는 사람들이 있어서 허탈하지 않았다. 수현이 두 손을 흔들고 있는 것이 보였다. 착지할 때도 해변을 10미터 정도 달린 후에야 완전히 멈춰섰다.

"다리 괜찮아요?"

패러글라이더가 내게 물었다.

"네, 고맙습니다."

"자는 줄 알았어요. 너무 조용해서."

"그랬나 봐요. 잠시 꿈을 꿨나 봐요."

수현과 정현이 나에게로 달려왔다. 무사히 돌아온 나를 부둥켜안아 주었다.

작년 초, 나는 소설을 쓰고 싶다고 생각했고 그 무렵의 나는 누군가를 열렬히 미워하고 있었다. 그래서인지 '아저씨'라는 인물이 내 안에서 가장 먼저 구체화되었다. 이 야기가 느리지만 분명하게 진전되면서 그보다 중요한 인물들이 하나둘 생겨났다. 유원과 수현과 정현. 이들의 행동과 내면을 이해하기 위해 노력하는 동안 내가 조금씩 안정되어 가는 것을, 너그러워지는 것을 느꼈다.

이야기 속에서 주인공 유원이 선택의 기로에 섰을 때 현실의 나보다 조금 더 나은 선택을 할 수 있기를 바랐다. 소설에서 돋아난 미약한 희망이 나를 위로했듯이, 이 소설을 읽는 모든 분들에게도 그 빛이 가닿기를 바란다.

과연 소설을 완성할 수 있을까, 매번 나 자신을 의심했다. 많은 분들의 도움으로 그 불가능할 것 같던 일이 가능해졌다.

　　헤맬 때마다 힘이 되어 주시는 김지은 선생님과 서로의 첫 독자가 되어 주는 글 모임 멤버 한솔이, 민주 언니에게 감사하다.

　　심사위원 선생님들과 청소년심사단 여러분께도 인사를 전하고 싶다. 실망시키지 않도록 꾸준히 정진할 것임을 약속드린다.

　　서툴고 거칠었던 미완의 원고를 변신시켜 주신 정민교 편집자님께도 마음을 전하고 싶다. 원고를 주고받는 지난 한 과정이 즐겁고 감사했다고.

　　힘들면 언제든지 그만둬도 된다고 말해 준 엄마에게, 목표를 향해 꾸준히 나아가는 것의 중요성을 알려 준 아빠에게 사랑을 돌려 드리고 싶다.

2020년 6월
백온유

백온유 白溫柔

1993년 경북 영덕 출생. 서울예술대학교 문예창작학과를 졸업했다. 장편동화 『정교』
로 2017년 제24회 MBC 창작동화대상을 수상했고, 2019년 『유원』으로 제13회 창비
청소년문학상을 받았다.

유원

초판 1쇄 발행 • 2020년 6월 19일
초판 11쇄 발행 • 2024년 5월 13일

지은이 • 백온유
펴낸이 • 염종선
책임편집 • 정민교 김도연
조판 • 박지현
펴낸곳 • (주)창비
등록 • 1986년 8월 5일 제85호
주소 • 10881 경기도 파주시 회동길 184
전화 • 031-955-3333
팩시밀리 • 영업 031-955-3399 편집 031-955-3400
홈페이지 • www.changbi.com
전자우편 • ya@changbi.com

ⓒ 백온유 2020
ISBN 978-89-364-3442-7 03810